「あっ、はな、してっ、もう駄目っ、出ちゃうから…っ」
口の中で出すのだけはどうしても嫌で、
ぎゅうっと目を瞑って我慢する。
「お願いっ、巴川さん、やだ、やだよ…ぅ」
もう絶対だめ、あと五秒ももたないと思ったとき、
巴川さんがやっとそこから口を離してくれた。
「いっ…あぁっ」

恋愛依存症の彼

天野かづき

15264

角川ルビー文庫

contents

目次・本文イラスト／陸裕千景子

「インプリンティングシンドローム？」

——なんだそれ？

と、首を傾《かし》げたおれ、若桜匡平《わかさきょうへい》に、胸のプレートに藤田健人《ふじたたけひと》と名前のある目の前の医師はにこにこと笑《え》みを浮《う》かべて言った。

「やっぱりこんな病名、聞いたことないですか？」

「はい」

知らないものは知らない。ここは素直《すなお》に答えるべきだろうと思い、おれはこくりと頷《うなず》いた。

「そうですよね。——インプリンティングシンドロームは、原因と感染《かんせん》経路が不明っていう以外は、命にかかわるわけでもないし、発症《はっしょう》者数も日本ではまだ数えるほど少ない。特に問題ないって言えばない病気ですから、知らなくても無理はないかと思います」

藤田先生は訳がわからずにいるおれにそう言うと、診察《しんさつ》室で病状を告げているということの状《じょう》況《きょう》にまるでふさわしくない、カラッとした明るい声で笑った。

というか、この人ずっと笑ってるんだけど、もしかしてこれが地顔なんだろうか？

若くて優《やさ》しそうで、顔が整っていて職業は医者。経済力もある格好いい大人の男……って感じだけど、始終笑っているっていうのは、なんとなく締《し》まりが悪くて勿体《もったい》ない気がしてしまう。

なんて言うかほら、笑顔って女の子の場合は『いつも笑顔で可愛《かわい》い！』とか大抵《たいてい》周囲からプラスに評価されたりするけれど、男の場合はそうとも限らないだろ？

いくら格好良くてもこんなへらへらした笑顔ばかりじゃ『優しすぎる』とか『物足りない』とか、女の子たちは不平不満を言い出すことが大半。

だからある程度格好いい男は、多少キリッとしていたほうが、いいんじゃないかっておれは思う。ま、仏頂面《ぶっちょうづら》とか愛想《あいそ》がないとか、やり過ぎるとかえって嫌《きら》われてしまうから限度は必要だろうけど。

「でも、命に別状はないですが、人生に別状がある病気ではあるんですよね。きみは、脳の扁《へん》桃《とう》体という部分のことを聞いたことがありますか？」

「いえ……」

――人生に別状のある病気⁇

なんだか重大なことをさらりと言われた気がするけど……気のせいか？　ともかく『脳の何とか』なんて知らないので首を振《ふ》る。

「さすがにそんなことは学んでませんか……。ええと、扁桃体というのは、人の好みを司《つかさど》る部位だといわれている場所です。人の好みは本来この扁桃体で三歳くらいまでに決定されるって説があるくらいなんですよ」

「三歳？」

「ええ、好きなものも嫌いなものも、そこでだいたいが決まってしまうと言われています。三つ子の魂《たましい》百まで、という言葉がありますけど、あれは医学的にも言えることだったりするんですよね」

「へぇ…そうなんだ…」

驚《おどろ》いて目を見開きながら、おれは呟《つぶや》く。途端《とたん》、藤田先生が突然《とつぜん》びしっとおれの目の前に人差し指を突《つ》きつけてきた。

思わぬ行動におれはますます目を見開いてしまったんだけど……。

「そんなに開くと目が落ちますよ？」

「……落ちませんっ」

一瞬《いっしゅん》唖然《あぜん》としてしまったおれの反応が面白《おもしろ》かったのか、楽しそうに笑う藤田先生の様子におれの不信感はますます強くなった。本当にこの人医者なんだよな…⁇

そんなおれの微妙《びみょう》な感情を察したのか、藤田先生はゴホンとひとつ咳払《せきばら》いをすると、ようやく医者らしい真面目な顔になってくれた。

「うん、まぁとにかく、今回の病気はね、発作《ほっさ》後最初に目にしたものが扁桃体に強く刷り込まれてしまう病気なんです」

「……と、言うことは？」

なんとなく話の続きが読めてきて、おれは思いきり顔をしかめてしまう。扁桃体↓好きなもの↓刷り込み……思いつく答えは一つしかない。

「簡単に言うとですね」

そう言って、藤田先生はまた笑顔になった。それもかなり楽しそうな笑顔だ。

「一目惚《ひとめぼ》れするんです。発病して最初に目があった相手に」

「……やっぱり……」

そしておれは、予想通りの答えを口にした藤田先生の笑顔が、世界で一番嫌いな笑顔になったのだった。

——そもそもの始まりは、姉の突然の入院だった。

「もう他《ほか》になんか必要なものないよな?」

入院中は不必要だから自宅に持ち帰ってくれと頼《たの》まれた荷物を両手にぶら下げて振り返ると、ベッドの上に体を起こした姉・律子《りつこ》は、まるで女王様のような優雅《ゆうが》さで首を横に振って見せた。

いつも以上に偉《えら》そうに見えるのは、個室のベッドの横に豪華《ごうか》な花なんかが飾《かざ》ってあるからかもしれない。

「もう十分よ。あんたも相変わらずね」

呆《あき》れたふうに言われて、おれはむっとして眉《まゆ》を寄せる。

「なんだよ、相変わらずって？」

「男のクセにマメマメし過ぎるってこと」

「……それが突然入院して、その挙げ句、弟に面倒《めんどう》を見させている姉の台詞《せりふ》か？」

理不尽《りふじん》な物言いに思わず怒鳴《どな》りそうになったけど、場所柄《ばしよがら》を考えておれは必死で声のトーンを落とす。それでも多少の憤慨《ふんがい》は隠《かく》しようもない。つーか隠す気もない。

「いやぁね。けなしているんじゃなくて褒《ほ》めてるの。あんたがいなかったら、入院準備だって大変だったし、感謝してるわよ」

「嘘《うそ》つけ。ちっともそんなこと思ってないくせに」

強い語気でおれが言うと、姉ちゃんは「ばれたか」と一言呟いて舌を出しながらにっこりと笑った。

世間からは『可愛くて綺麗《きれい》で皆《みな》の憧《あこが》れの律子さん』と言われる姉ちゃんがこんな仕草を他の人にしたら、普通《ふつう》はメロメロになって何でも許しちゃうのかもしれないけれど、弟のおれは騙《だま》されやしない。何度もこの笑顔には痛い目に遭《あ》ってきてるんだ。姉ちゃんが見た目にそぐわず適当な人だってことは、イヤってくらい知っている。

「あーでも、仕事辞《や》めていて良かった。入院なんかで有給使いたくなかったしね」

「ったく、結婚《けっこん》式前に盲腸《もうちょう》って、どうなんだよ」

「煩《うるさ》いわね！　わたしだって好きで盲腸になったわけじゃないわよ！」

おれの呟きにすかさず本性《ほんしょう》を出した姉ちゃんは、キッと鬼《おに》の形相でおれを睨《にら》んできた。これが本来の姉ちゃんだ。

「まぁ、そりゃそうだけどさ。よく岩本《いわもと》さんこんな女と結婚しようと思ったモンだよな……」

ちなみに、こうみえても姉ちゃんは、二ヶ月後には結婚を控《ひか》えている。お相手は岩本孝輝《こうき》さん。お役所仕事のエリートさんで、姉ちゃんより六つ年上の三十一歳。

まぁ、それくらい大人の男じゃなきゃ姉ちゃんの相手は出来ないと思うから、いい相手を捕《つか》まえたんだと思うけど――でも、結婚相手に姉ちゃんを選択《せんたく》した岩本さんはちょっとすごいと思う。もしかしたら、おれにはわからない魅力《みりょく》があるのかもしれないけれど。

とりあえず見た目は綺麗だから恋人《こいびと》にする人がいるのはわかる。でも、一生添《そ》い遂《と》げる相手に姉ちゃんをあえて選択する理由が、二十歳のおれにはまだわからない……。

弟のおれが言うのもなんだけど、正直言って、姉ちゃんは確かに外見だけはいい。

目鼻立ちもはっきりしているし、全体的にはっと目を瞠《みは》るような華《はな》がある。おまけに口を噤《つぐ》むと、上品そうに見えるのだから便利だ。

だけどその外見からは想像もつかないほどの攻撃《こうげき》的な言葉や、我が儘で乱暴で女らしくないところこそが、この人の本性なわけで――……。

　まあ、とにかく、連れて歩くには自慢《じまん》できるような美女だけど、所帯を持つのは別と考えるのはおれだけじゃないはずだ。なのに、そんな姉ちゃんと結婚しようっていうんだから、岩本さんはやっぱりすごいと思う。

「――まぁ、いいわよ。わたしの魅力は孝輝だけが知ってれば」

「そーですか……」

　堂々とした惚気《のろけ》に、肩《かた》が落ちる。

「あんただってね、せっかく大学生なんて気楽なことやってんだから、さっさと彼女の一人も作れば？　わたしの弟なんだし、作り自体は悪くないんだから――まぁ、女の子よりも綺麗で可愛い男の子って敬遠されがちかもだけど」

「うるせーよ」

　綺麗で可愛い、という表現におれは密《ひそ》かに傷付いた。

　実は以前、女の子にも同じようなことを言われて振られたことがあるのだ。それに昔はよく『律子ちゃんはフランス人形みたいだし、匡平くんは日本人形みたいね』と言われていたことがある。

　とにかく両方ともおれにとって記憶《きおく》の汚点《おてん》でしかない……。

「……じゃ、おれ帰っから。あとは岩本さんに任せていいんだろ？」

「うん。仕事終わったらすぐ来るって言ってたし……」

幸せそうに微笑《ほほえ》んだ姉ちゃんに頷《うなず》いて、もう一度荷物を抱《かか》えなおした。

「岩本さんによろしくな」

そう言って踵《きびす》を返すと、ふいに思いついたというように姉ちゃんが言った。

「中庭、桜が綺麗なんだって。通って行ったら？　あんた桜好きでしょう？」

「へぇ。じゃあ散歩がてら寄ってくよ」

本当だったら、今日は姉ちゃんの入院の手伝いがなければ、大学の友達たちと花見に行く予定だったのだ。今年は三月も半ばから桜がちらほら咲《さ》き出していた。この分だと春休みが明けてしまったら、もう花見はできないかもしれないから先にやってしまおうということになって、実家に戻《もど》らなかった連中だけでも集まって宴会《えんかい》をすることになっていたのだが……。

もともと散歩は好きな質《たち》だ。一人で桜を見ながらゆっくり帰るのも悪くないかもしれない、そうおれは思って姉ちゃんの勧《すす》め通り病院の中庭を通って行くことに決めたのだった。

「すげー。桜並木だ！」

姉ちゃんの言葉は誇張《こちょう》でなく、病院の中庭の桜は見事なものだった。

もし、ここが病院じゃなければ、花見という名の宴会のターゲットとなっていて、こうやってゆっくり鑑賞《かんしょう》しながら散歩することなんか出来なかっただろうな。そう思うと、ちょっとだけ得した気分になってくる。

男のくせに散歩が好きで花見が好きな大学生――というのは一見すると不気味かもしれない。自分でも地味な趣味《しゅみ》だと思うし、姉ちゃんが言うように彼女もいないし……。だけど誰《だれ》がなんと言おうが、おれは元々、桜に限らず木の花が好きで、梅や桃《もも》、木蓮《もくれん》なんかもかなり好きだ。

まぁ、最初から好きだったわけじゃなく、こうして目が行くようになったのは、高校卒業まで暮らしていた実家で、亡《な》くなった祖父の代わりに庭の手入れをずっと担当していたせいだと思う。

祖父が生きていた中学の頃《ころ》までは、一緒《いっしょ》にやっていた手入れだったけれど、亡くなってからはなぜか自然と家族の中で庭の手入れはおれの担当になっていた。

その上、おれは一つのことをやり始めると熱中するタイプだから、なんとなく本格的にガーデニングにはまってしまい、高校時代は部活の代わりにそればかりをして過ごしてしまったのである。

今は実家に残った両親が、家を出た子どもの代わりに世話をしてくれているのだけど、帰ると必ず草花の状態はチェックしているし……。

「この木が一番大きいな」

そう呟《つぶや》いて、一番咲き誇《ほこ》っている大きな桜の木の下に立ち止まると、おれはそっと花を見上げた。周りの木は、まだ蕾《つぼみ》だったり咲き始めだったりするのに、桜並木のちょうど真ん中あたりにそびえ立つこの木だけは、なぜか時期を間違《まちが》えたかのように咲き誇っている。

「プランターでも買おうかなぁ」

小さなベランダしかない今の一人暮らしの1Kアパートで植物を育てることは難しいのはわかっているけど……。

こうして見るとやっぱり花は良いな、と思う。当たり前みたいに傍《そば》にあって、そのときどきにいい香《かお》りをさせて楽しませてくれる。

「人気《ひとけ》もないし、ゆっくりできそうだし。今度は昼飯でも持って見に来よう…っと、わっ！」

ふいに強い風が吹《ふ》いて、ざぁっと桜の花びらが舞《ま》って行く。一瞬《いっしゅん》視界が桜の花で塞《ふさ》がって、まるで映画か漫画《まんが》のワンシーンのようなシチュエーションだなぁなんて思っていると、花嵐《はなあらし》が途切《とぎ》れたおれの目の前に、背の高い全身黒い服の男が現れた。

「……っ」

――な、何⁇

いつの間に目の前にいたんだ？　全然気づかなかったんですけど！

というか、何でこの人おれのこと見ているんだ？

年齢《ねんれい》はおれよりも年上っぽいし、男のおれから見てもかなりの良い男って奴《やつ》だと思う。患者《かんじゃ》には見えないけど病院にいるってことは、病院関係者かな……？

とはいえ、少しだけ長めの髪《かみ》に長身に黒い服装。あまり病院には似合わない——というか、なんかそんな黒ずくめで病院にいるってなんとなく不吉《ふきつ》な感じがしてドキっとする。

「え…っと……」

じっと見つめてくるその男に、とりあえず何か言ったほうがいいんだろうかと思い、声をかけようとした途端《とたん》、ぐらっと体が傾《かたむ》いてその男が地面へそのまま倒《たお》れてしまった。

「えっ、あ、ちょっ、ちょっとっ！」

慌《あわ》てて駆《か》け寄ってみるけれど、身長百七十はあるおれよりもずっと身長も高いし体格も良いから、抱え起こすのはちょっと大変そうだ。

「だ、大丈夫《だいじょうぶ》ですか⁉ しっかりしてください！」

目の前で倒れられるなんて、思いっきり寝覚《ねざ》めが悪いんですけど！

そういや、何かの小説で桜の下には死体が埋《う》まっているとかなんとかいうのがあったよな？ あんな感じ？ いや、埋まっているわけじゃないから、それとは違《ちが》うか…って、そんなこと考えている場合じゃなくて！

「…っ…」

「生きてる⁉」

微《かす》かに呻《うめ》く声が、男の唇《くちびる》から漏《も》れる。パニック気味だったおれの頭が、そのおかげで少しだけ落ち着きを取り戻した。

「あの……っ！」

思わず肩を揺《ゆ》すってから、揺らさないほうがいい場合もあることに思い当たって、手を離《はな》す。

頭の中で、教習所で習った心肺蘇生《そせい》法がぐるぐると回った。

確か気道確保して息…何回吹き込むんだっけ？　でも、こいつ別に息が止まってるわけじゃないみたいだし、とりあえず呼びかけか？　って、呼びかけだけは初《しょ》っ端《ぱな》にしたんだった、いや、ちょっと待て、最初に手を上げて「倒れてる人がいま～す」とか言うんだっけか？　でもそんな恥《は》ずかしいことはこの際省くとして、じゃ次はえーっと……。

「って、ここ病院じゃんか！　あ、あの！　誰か！」

ようやく医者を呼べばいいんだと思い当たり、おれはとにかく叫《さけ》んでみた。するとその声に反応したのか、男の唇から呻き声が漏れる。

「う……」

「大丈夫ですか!?　ねえ！」

意識が戻ったのかと思い、おれは咄嗟《とっさ》に顔を覗《のぞ》きこむ。

「……っ……」

すると――薄《うす》く血管の浮《う》いた瞼《まぶた》がそっと上がり、その切れ長の瞳《ひとみ》が黒い前髪《まえがみ》の隙間《すきま》から再度おれを映した。

それと同時に、どこか切羽詰《せっぱつ》まったような足音と大声が聞こえてくる。

「きみ！　その男と目を合わせないで！」

「へ……？」

――これが、おれ若桜匡平と、インプリンティングシンドローム患者・巴川久也《ともかわひさや》との出会いだったのだ……。

自分を巡《めぐ》る運命を、こんなにも理不尽《りふじん》に感じたことはなかったと思う。

結局のところ、おれの前で倒れた男っていうのが、インプリンティングシンドローム——通《つう》称《しょう》IPS——患者の巴川久也だったのだ。

だからあのとき、医師や看護師が「目を合わせないで！」なんてことを叫びながら駆けつけてきたのだと知ったのは、ついさっき。もっと早くに教えておいてくれれば、おれだってこんなことに巻き込まれたりはしなかったはずなのに。

そのせいでおれはこうして、主治医であり、実は巴川さんの従兄弟《いとこ》でもあるという藤田先生と、その病気のことや今後のことについての話し合いを余儀《よぎ》なくされていた。

個室のように閉塞《へいそく》された狭《せま》い診察《しんさつ》室。そこに現在は、おれと藤田先生、そして一人の女性が、安っぽいキャスターつきの椅子《いす》に座っていた。

「えーっと、こちらが今回IPSの対象者になった若桜匡平くん。そしてこちらが順調に行けば一週間後には患者と婚約《こんやく》する予定だった三上直子《みかみなおこ》さん」

藤田先生が、そうお互《たが》いを紹介《しょうかい》したのは十五分ほど前のことだ。

その後は延々、この閉鎖空間で患者の病状と今後についての話し合いが続いていた。

「では、そういうことで若桜さん、久也さんをよろしくお願いします」

そういって、三上さんは頭を下げた。腰《こし》まで届くような黒髪《くろかみ》のせいか、それともその綺麗《きれい》だけど表情のない、人形のような顔のせいか、どこか現実感が薄い人だ。

「あの……三上さんはそれでいいんですか？」

想像していたよりも落ち着いた声が出て、内心ほっとする。

今、藤田先生がおれたちに話した対処方法は、患者（巴川さん）のマンションでおれが生活を共にしつつ、リハビリに一緒《いっしょ》に通うというものだった。

まだおれはそのことについて了承《りょうしょう》はしていないけれど、いくら相手が男とはいえ、自分の婚約者が他《ほか》の奴を好きだなんて言い出していて、その相手と暮らそうとしていることを三上さんはどう思っているんだろう？

いっそのこと『わたしが彼の面倒《めんどう》を見ます！』とかって強固に反対してくれればいいのに、と心の底から思う。

「ええ。自分のことを好きでもない男の面倒がみたいと思うほど、献身《けんしん》的でも馬鹿《ばか》でもないんです。それに――」

三上さんがちらりと非難を込めた視線でおれを見た。

一瞬だったが、その視線に思わずおれは身震《みぶる》いしてしまう。三上さんのほうは、視線を逸《そ》らしたあとは特にこれという感情を感じさせない、もとの無表情だった。

「——過ぎてしまったことについて、いいも悪いもないわ。わたしはわたしを好きでない男を相手にするつもりはありません」

——こ、こわ〜……。

感情を殺したような言葉だけど、プライドが傷つけられたのだろうことがものすごくわかる。だけど彼女にいま『これは病気ですし』とか『おれは好きじゃないです』なんて言っても、仕方ないんだろう。そんなの、彼女だって百も承知のはずだ。

「では、わたしはこれで失礼いたします」

そう言うと、三上さんはおれを見ることもなく颯爽《さっそう》と部屋を出ていってしまったのだった。

どうしてこんなことになってしまったんだろう……。

「……先生」

「なにか？」

「ほんとーにっ、どーしてもっ！　入院させておくわけにはいかないんですか⁉」

縋《すが》るような目で見上げたおれに、藤田先生はあっさり頷《うなず》いた。

「言ったでしょう。IPSは発病してしまえば、特定の一人を『好き』だと思う以外は、見た目には普通《ふつう》の状態と変わらない生活ができるんです。なので、入院する必要はありません」

「でも、病気じゃないですか！」

「ええ、そうですね。簡単な病気ではありません。彼は目の前からきみがいなくなると恐慌《きょうこう》状態になります。今は薬で眠《ねむ》っているからいいですが、ひとたび目を覚ましたら、たった五分でもきみの不在に耐《た》えられなくなるでしょう」

「そんなこと……」

「あり得るんです。それがIPSです。本当は今回の件はイレギュラーなんですよ。こちらとしても予想外のことでした」

「え？」

参ったというようにため息をついた藤田先生に、おれはぱちぱちと目を瞬《しばたた》く。

「久也が中庭に出ることなどあり得ないはずなんです。今はIPS発病抑制《よくせい》中でしたから、病室も隔離《かくり》されていました。なのに、まさか外に出ることがあるなんて」

「逃《に》げ出したってことですか？」

「いえ、それはわかりません。ただ、一週間前に久也は体調不良を訴《うった》え、たまたま検査をしたところ、IPS発病の兆候が見られたので病室で隔離していました」

「一週間も？　IPSって発病前の症状《しょうじょう》があるんですか？」

初めて聞く話に、おれは首を傾《かし》げた。

「ええ。IPSは眩暈《めまい》や頭痛など、発病前に特定の症状が現れることもあります。その場合は検査でIPSの恐《おそ》れがあるかを調べることが可能です」

「そうなんですか。おれ、てっきり突発性《とっぱつせい》なのかと思ってました」

「原因不明で突然起こるという意味では、突発性であることは間違《まちが》いないですし、全く前触《まえぶ》れのない方もいます」

藤田先生はそう言うと、突発性という言葉には原因不明、という意味も含《ふく》まれているのだと説明してくれる。

「でも、今回の場合は偶然《ぐうぜん》にも脳波の異常を感知できていました。発病以前に今回のように症状が出た場合は、それ以後、目隠《めかく》しなどをして隔離をし、通常は症状が過ぎるまで待つか、好きになるべき相手もしくは好きな相手と対面させて病気を必然のものにしてしまうことで対応しています」

三上さんが呼ばれていたということは、今回は三上さんに対面させて済まそうとしていたってことだよな？

なのに、なぜか巴川さんが部屋から出たせいで、おれに会っちゃって……。

「しかし、今回は奇《く》しくも若桜くんという予想外の相手に対し、発病してしまいました」

考えていたことをそのまま、しかもものすごく残念な感じで言われて、おれもついため息をついてしまう。

おれのせいじゃないと思うんだけど、なんか申し訳ない気もする。

「あの…いつ治るんですか？」

「わかりません」

「って……」

あっさり言った藤田先生に、おれは思わず眉《まゆ》を顰《ひそ》めた。

「個人差があるんですよ」

藤田先生は険しい表情になったおれをなだめるようにそう言うと、にこりと微笑《ほほえ》む。

「治療《ちりょう》の方法はわかっていますから安心してください。まずはきみが目の前にいなくとも普通に生活できるように、それからきみへの感情に対してきちんと向き合って、次第《しだい》に元《もど》に戻して行くんです」

「どのくらい、かかるんですか？」

さっきとほとんど変わらない質問だったけど、藤田先生は少し考えて口を開いた。

「短くて二週間、長くて――一生です」

「そんな……」

一生、という言葉におれは愕然《がくぜん》とする。

「なので、若桜くんにはまず二週間から一ヶ月ほど久也にお付き合いいただきたいのです」

「でも、おれも学校あるし」

一生付き合え、と言われなかっただけましかもしれないけど、見知らぬ相手と一ヶ月も生活するのはやっぱり厳しい。

「春休みの間と少しで構いません。それに久也はきみに『一目《ひとめ》惚《ぼ》れ』はしていますが、相手に嫌《きら》われることを最も恐れるはずなので、酷《ひど》いことは何もしてこないと思います」

「酷いことって……」

おれは一瞬《いっしゅん》何を言われたのかわからず首を傾げてから、はっと気付いた。

「えと、おれ男なんですが……貞操《ていそう》の危機とか、そういうのがあるかもしれないってことですか……？」

「ないと思います。それは久也にも言い聞かせます。それと、これは主治医としてでもあるのですが、久也の身内としてお願いさせてください。彼をどうしても治したいのです」

畳《たた》み掛《か》けるように言われて、おれはどうしていいかわからず、ぎゅっと膝《ひざ》の上に置いた手のひらを握《にぎ》り締《し》める。

「おれ……」

そのとき、まるで計っていたかのように左のドアの奥から叫《さけ》び声が響《ひび》いておれは思わず椅子《いす》から腰《こし》を浮《う》かせる。

「おや、どうやら目が覚めたようですね」

叫び声に驚《おどろ》いて目を見開いたおれには、その言葉は随分暢気《ずいぶんのんき》なものに聞こえた。

「じゃ、一緒に来てください」

「えっ」

「来てみれば、僕の言っている言葉がどれくらい切実な意味を持つかわかりますよ、あ、今ちょっと発作《ほっさ》が起きた状態で興奮しているから——気をつけてくださいね」

——気をつけるって……？

なににどう気をつければいいのかと問い返す前に、藤田先生の手は叫び声の聞こえる病室のドアノブにかかっていた。そして、ドアを開けた途端《とたん》——。

「あっ！」

二人の看護師と医師によって、ベッドの上に縫《ぬ》い止められていた巴川さんが不意にこちらを見た。そして驚いたことにおれの姿を認めると、あっと言う間に二人を引き剥《は》がし、次の瞬間《しゅんかん》にはおれのもとに駆《か》け寄って、強い力で抱《だ》きしめてきたのである。

「会いたかった」

「え……と……」

おれは一連の出来事の、あまりの速さについていけずに、抱きしめられたまま硬直《こうちょく》する。

第一、逆らおうにも人間二人を弾《はじ》き飛ばすような力に対抗《たいこう》できるわけもない。

「あー、久也。この人は若桜匡平くんといって……逃げないから、ちょっと落ち着いて」

「……匡平……？」

藤田先生の言葉を聞いてそう呟《つぶや》いたものの、巴川さんはおれを抱きしめる腕《うで》の力を緩《ゆる》めようとはしなかった。おまけに、そんな巴川さんを藤田先生はそれ以上制止しようともしてくれない。

「久也、どうする？　今日から匡平くんと一緒《いっしょ》に生活するかい？」

「ああ」

「――って言ってるけど、匡平くんどうする？」

「おれに、選択権《せんたく》ってあるんでしょうか……？」

初《しょ》っ端《ぱな》から、男に抱きしめられているっていうような状況《じょうきょう》。正直言って、今すぐ逃げ出したいんだけど、緩む気配のない腕の力と一緒で、ここから逃げ出せるような選択肢《し》がおれにあるのかまずは聞きたい……。

途方《とほう》に暮れながら、おれは腕の隙間《すきま》から藤田先生を見る。

「匡平くんが断れば、久也が発狂《はっきょう》して酷い場合は心臓発作等で死に至るだけです。でも別に匡平くんが罪悪感を覚える必要はないんですよ？」

――脅《おど》してやがる……。

この人、医者のくせにどうしてこんな物言いするんだよ⁉

こんなことを言われて断ることができるほど、無神経でも薄情《はくじょう》でもないところがおれの困ったところだと思う。いっそおれになんか関係ないです、とキッパリ言ってしまうことができればものすごく楽だと思うんだけど、本当におれのせいで死んでしまったらマジで寝覚《ねざ》めが悪いし。

ま、嫌いだって言う人と一緒に暮らすよりは、自分を好きだって言ってくれる人との生活のほうがまだマシだよな？

「……わかりました…。病状が改善するまでなら、つきあいます」

せめてと思って、不満たらたらな口調で言ったのに、藤田先生にもおれを抱きしめたままの巴川さんにも何の意趣返《いしゅがえ》しにもならなかったらしい。

「良かった。さすが匡平くんだね。久也、今日からこの人と一緒に生活をしながら、リハビリに通ってもらうことになったよ」

さすが匡平くんって、あんたがおれの何を知っているのか問い質《ただ》したい。

「……こいつとずっと一緒にいられるのか？」

「そう。よかったね」

「ああ」

頭の上で交《か》わされる会話。表情は当然見えなかったが、巴川さんの声がぶっきらぼうなくせにものすごく幸せそうで、おれは藤田先生の言っていたことは、全《すべ》てまごうことなき真実なのだと思い知るハメになってしまった。

——この人、本気でおれのことを『好き』だと思いこんでいるんだ。

そうじゃなきゃこんな……さっき一瞬目が合っただけの男との同居を本気で喜ぶことなどできないだろう。

「ま、こんな調子ですから。多分最初の頃《ころ》は五分も離《はな》れていられないと思いますよ。匡平くん、何かあったら連絡《れんらく》してくださいね」

「何もないことを祈《いの》ります……が、五分と離れらんないって、ひょっとして風呂《ふろ》とか、寝《ね》るときとかも一緒じゃなきゃだめってこと…ないですよね？」

巴川さんの腕の中から出ることもできないまま尋《たず》ねた声は、不安に歪《ゆが》んでいた。

「あ、それはきっと大丈夫《だいじょうぶ》。同じ空間にいるとわかっていればね。発作後でもない限り、多分大丈夫」

「……きっと？　多分？」

はっきり言って全然信用できない。

しかし、少し屈《かが》みこむようにしておれと視線を合わせた藤田先生に、あきらめてため息をついた。

こうなったらもう選択の余地は、ない――――んだと思う。

荷造りをして夕食を外で済ませ――その間ずっと巴川さんはダッコちゃんよろしくおれの腕に抱きついていて――病院近くの巴川さんのマンションに着いたときには、時計は八時を回っていた。

「広い……。こんなところで一人暮らしなわけ?」

「ああ。気に入ってくれるといいんだが」

巴川さんの暮らすマンションの部屋は、広々とした3LDKだった。

病院で教えて貰《もら》った情報によると、巴川さんは実家も金持ちらしいけれど、個人でも若くして建築関連の設計の賞をいくつも取っている建築家だそうだ。

『それなりに有名』と藤田先生は言っていたけれど、これを見たら『かなり有名』なんじゃないかと疑いたくなってくる。

だってどう考えたって、ここは一人で暮らすにはかなり贅沢《ぜいたく》な代物《しろもの》だし、おれが住んでいる1Kのアパートなんかとは比べものにならないくらいに広い。

間取りがどうとかって言う以前に、とにかく規模が違《ちが》う。玄関《げんかん》だけでもおれは寝られると思うし、このリビングだけでおれの部屋がいくつも入ってしまうと思うくらいに広い。どのくらいあるのかちょっと予想がつかないけど、実家で慣れ親しんだ六畳《じょう》とか八畳とかいう広さではないことは確か。

広い玄関。左手にはトイレ、右手にはサニタリに続くと思われるドア。正面にはガラスでできたドアがあって、ゆったりとしたリビングが見える。

そのリビングの右手がダイニングキッチンで、左手には短い廊下《ろうか》が伸《の》びている。その廊下の向かって右手に二つ、左手に一つ、それぞれドアがあった。

「ここ、使って」

廊下の、右手奥のドアを開けてそう言った巴川さんに続いてドアをくぐる。

病院から出てからの巴川さんは落ち着いたもので、すっかり二十七歳、大人の男って顔をしている。だから先ほど見せた病的なまでの——いや、病気なんだけど——おれへの執着《しゅうちゃく》もまるで嘘《うそ》かのように思えてくる。

——でも。

「この部屋なら、鍵《かぎ》かかるから」

部屋の中におれを入れながら付け加えられた言葉に、顔が強張《こわば》る。

考えてみるまでもなく、自分に惚《ほ》れている人間と生活するというのはいろいろと問題がある。

相手が女の子だっていうならともかく、年上の男。

しかも上なのは年齢だけじゃない。

体格的にも、身長は見た感じ百七十センチちょっとのおれより十センチ近くは高いし、あのおれを抱き込んだときのことからして、腕力《わんりょく》も十分ある……。

藤田先生はしないしさせないと言ってたけれど……。

急に自分の貞操《ていそう》が心配になって、おれは「は、ははは」と乾《かわ》いた笑いをこぼした。

「——じゃ、おれとりあえず荷物整理するんで」

断って背を向けると、手にしたバッグをベッドの上に置いて中をあさり出した。

当座の荷物はそれほどの量でもない。

大学はまだ春休みなので、服とパソコンさえあれば取りあえず事足りるからだ。ゼミで使っている資料も、ほとんどは大学に置きっぱなしだから、手元にあるのはほんの少しだけ。

クロゼットを一部使わせて貰えれば、おれの片付けは終了《しゅうりょう》……かなと思ってから、おれはふと背後から感じる視線に嫌《いや》な感じを覚えてしまった。

「……」

「……」

「……」

「…………あの」

いつまでたっても遠ざからない気配に、しびれを切らしておれは困惑《こんわく》気味に振《ふ》り返る。

「おれもう少し片付けかかりますから、巴川さんも好きなことしてていいんですよ？」

監視《かんし》するようにドアに背を預けてこっちを見ている相手は、おれの台詞《せりふ》に、ちょっと考えるように首を傾《かし》げた。

そして、おもむろにおれに歩み寄ると、がばっとおれを抱《だ》き込んだのである。

「ち、ちょっと！　あんたなに考えてんだよ！」

「好きなことをしているつもりだけど？」

あっさり返った答えに、脳細胞《のうさいぼう》が壊死《えし》しそうになった。

もしかして――『好きなこと』って、おれのことか？

つまり、おれが悪いのか？

おれを好きだと刷り込みされているようなやつに、好きなことしろって言ったおれが悪いのか!?

「と、とにかくっ、これはダメです！」

「なぜ？」

「おれが嫌だからですっ」

無理やり引き離すこともできない馬鹿力《ばかぢから》に、それでもなんとか対抗《たいこう》して顔を上げ、巴川さんを睨《にら》みつける。

「あんた、おれに好かれたいのっ？　嫌《きら》われたいのっ？」

「それは――もちろん好かれたいに決まってる」

「だったら、おれの嫌がることはすんなっ！　基本でしょーがっ」

キーキーと怒鳴《どな》るおれに、巴川さんはしぶしぶ頷《うなず》いて腕《うで》を解いた。

なんだか……前途《ぜんと》多難？

――で、結局。

抱きかかえたままでいることはやめさせたものの、部屋の戸口でじっとおれを見つめ続ける巴川さんに、おれは仕方なく声をかけた。

「……じゃあさ、手伝ってくれません？」

藤田先生の『五分でもキミの不在に耐《た》えられない』という台詞を思い出した。発作《ほっさ》後でもなければ大丈夫《だいじょうぶ》、という台詞も同時に思い出したが、ここで藤田先生を嘘吐《うそつ》きと罵《ののし》ってもしかたがない。

沈黙《ちんもく》してじっと見つめられるよりはまし、とおれは疲《つか》れた笑《え》みを浮《う》かべた。

巴川さんは無表情のまま頷いて、近付いてきた。

表情に乏《とぼ》しいのは、別におれのせいでもなければ病気のせいでもなく、地であると聞いていたので気にしないことにする。

「この中にある服をハンガーにかけて、クロゼットに吊《つる》してくれますか？」

「わかった」

嬉《うれ》しそうでも、かといって面倒《めんどう》くさいという風でもなく、黙々《もくもく》と作業をはじめた巴川さんを尻目《しりめ》に、おれはノート型のパソコンを置けそうな場所はないかと部屋を見回した。

しかし、がらんと広い部屋には大きなベッドと、クロゼットのほかにはなにもなく、テーブルがわりになりそうなものはなかった。

広い空間が寒々しく感じられるほどで、父親が再婚《さいこん》する前のことを彷彿《ほうふつ》とさせる。

正直、こんな部屋にずっといたら寒くて淋《さび》しくて堪《たま》らないだろう。

今は一人暮らしだけど、もともとおれのうちは、兄弟は姉、おれ、義弟、妹の四人で一般家《いっぱんか》庭より多いほうだ。特に一番下の妹は、まだ四つだから余計賑《にぎ》やかだし。

なんて考えつつ、結局置き場所が見つけられずに、出窓にパソコンを置いた。

「ネットに繋《つな》いだりするのか？」

「え？」

振り返ると、いつのまにか巴川さんがすぐ後ろに立っていた。驚《おどろ》いて一歩下がると、壁《かべ》に背中があたる。

近いところにある無表情で端整《たんせい》な顔に、正直おれは少しだけうろたえてしまう。

抱きしめられたときは、顔が近いとかよりも密着した体温に気を取られてて気付かなかったけど、こうして見ると巴川さんはやっぱり格好いい人だと思う。

きりっとした力のある目といい、整った鼻梁《びりょう》といい、意志の強そうな口元とかも……。

「匡平？」

「え？」

巴川さんのことを考えていたためなにを訊《き》かれたかわからず、おれは思わず聞き返した。

「ネットは？」

繰《く》り返された単語に、「ああ」と頷いて、速くなった胸に手をあてる。

「使えれば、嬉しいです…」

「だったら、パソコンはリビングにあるのを使ってくれてかまわないけど」

「いいんですか？」

首を傾げると、あっさり肯定《こうてい》の返事が返ってくる。

「仕事で使っているのは別にあるから……。メールは大丈夫なのか？」

「あ、はい、フリーメールも使ってるから、そっちに送るように言えば……」

「そうか」

いつでも好きなときに使えばいいと言われて、素直《すなお》に頷いた。

思ってたよりもいい人じゃん、とホッとする。

抱きつかれたのはびっくりしたけど、嫌がるようなことすんなって言ったおれの言葉は正確に理解してくれてるみたいだし。

って、まぁ言ってることがわかるっていうのは、おれに惚れてるって以外は、普通《ふつう》に成人男性なハズだから、当然と言えば当然なんだろうけど……。

だけど、寮生活《りょうせいかつ》だと思えばいいよな、という考えが甘すぎるということにおれが気付くまで、そう時間はかからなかった。


夜中、疲れもあってぐっすりと眠《ねむ》りこんでいたおれは、息苦しさにふっと意識が浮上《ふじょう》した。

ときどき鼻が詰《つ》まったせいで息ができなくなって、目が覚めることがあるんだけど、なんとなく違和感《いわかん》があったのは、苦しかったのが口のほうだったってこと。

ついで、首筋あたりになにか柔《やわ》らかくって生暖かいものが貼《は》りついた。

「んん……？」

ちゅっ、と粘着質《ねんちゃくしつ》な音が耳元でして、さすがにおれは目を開ける。

「…………？」

現状の把握《はあく》ができずに、ぼうっと視線をさまよわせた。

高い天井《てんじょう》に見覚えが薄《うす》くて、ぼんやりとした思考で、今見ていた夢などについて考えてしまったりもする。

寝起《ねお》きっていうのは、えてしてそんなもんだろう。

そのあと最初に頭に浮かんだのは、今が何時なのかって疑問。

寝たのが十二時過ぎだったから、七時まではなんとしても寝たい所なんだけど……。

ところが、ベッドヘッドに置いたはずの時計を見ようと体を捻《ひね》ろうとして、なにか重いものが上に乗っていることにようやく気付いた。

しかも、ただ乗っているだけじゃない。

「あ……」

乳首《ちくび》を濡《ぬ》れたものでなぞられて、肩《かた》がゆれる。

途端《とたん》、視界に入った黒いものが自分以外の人間であることに思い至って、おれは短く悲鳴をあげた。

「うあっ、ちょっ…え？　あっ、ん」

脇腹《わきばら》をなぞり上げられてぞくりと走った快感を、無理やり意識の外まで蹴飛《けと》ばし、今度こそ力を入れて身をよじった。

自分がどんな状況《じょうきょう》に置かれているのかをやっと把握する。

おれはＩＰＳ患者《かんじゃ》である巴川久也と生活を共にするためにここにこうして寝ていたわけで、順当に考えればこの自分に覆《おお》い被《かぶ》さっている人間は巴川さんその人であろう。

つまり、男に襲《おそ》われている、のだ。

「まてまてまてっ、やっ、ちょっと、やめてくださいっ、やめっ、あっ、やめろってばーっ」

身を起こそうとずり上がった上半身を無視して、巴川さんの顔と手は下へ下へと降りていく。

「いやっ、ちょ、まずいだろそこはっっっ！」

両手で巴川さんの肩を掴《つか》んで阻止《そし》しようとするが、体格が違《ちが》う上にこっちは寝起きで力が入らないとくれば、ままならないのは当たり前で。

臍《へそ》の横にキスされながら右手が下腹部に侵入《しんにゅう》するのを、止めることはできなかった。

「やだって言ってんじゃんんーっっ」

半泣きになって暴れるものの、大事な部分を掴まれている以上無茶《むちゃ》はできず、結局……。


「……泣きたい……」

――正直に言おう。入れられたのは指まででした。

病人に暴力なんて、という多少の躊躇《ちゅうちょ》は、普段《ふだん》自分でも触《ふ》れる機会のない場所に指が入ってきた瞬間《しゅんかん》に綺麗《きれい》さっぱり消し飛んだ。

そして、思いっきり顎《あご》に拳《こぶし》を叩《たた》き込んでしまったのである。

そのまま意識を失った相手を、とりあえず部屋の外に放り出し（一応毛布はかけてやったけど）、しっかりと施錠《せじょう》した。

しかし、病人を失神させたことに対する後悔《こうかい》はない。後悔しているのは、うっかり鍵《かぎ》を掛《か》け忘れたというその一点についてのみ。

「おれ……ほんとにここで生活してかなきゃなんねーのか…？」

初日から男にのしかかられて、指入れられれちゃうような場所で？

挫《くじ》けるな、というほうが無理なよーな……。

「帰っちゃダメ……だよな…」

でも、帰りたかった。

帰って、なにもなかったような顔で、あの狭《せま》い部屋の、狭いベッドで安眠《あんみん》したい。

今までは当たり前だった、そのささやかな日常に思いを馳《は》せて、おれはぐったりとベッドに倒《たお》れこんだ。

「おはよう」

翌朝、なにもなかったような顔で挨拶《あいさつ》をする巴川さんに、おれは一瞬《いっしゅん》返す言葉もなく沈黙《ちんもく》した。

「……おはようございます」

「コーヒーでいいか？　ミルクは？」

こんな当たり前の挨拶を交《か》わすような状況だっただろうかと、寝起きの頭で考える。

でも。

「……ブラックで」

相手があまりにも堂々としているせいで憤《いきどお》ることも罵《ののし》ることもできずに結局、普通に返してしまう。

もっとも、一晩経《た》っているせいで罵るような機会は、とっくに失してしまっているという気もしたけど。つーか、罵る前に、すでに殴《なぐ》ってるし。

「昨夜はすまなかった。鍵が開いていたのでちょっと寝顔《ねがお》でもと思っただけなんだが……お前を見ているうちにこう…むらむらと」

「むっ……むらむらとか言うなっ」

端整な顔に不似合いな言葉をさらりと吐《は》いた巴川さんの頭を、出してくれたコーヒーを取ろうとした手で、思わず叩いてしまう。もともと口よりも手が先に出るタイプだし。年上だってことは、百も承知だけど、出てしまったものはしょうがない。もう一回殴っちゃってんだから、二回も三回も同じってことにしておこう。

勝手にそう自分を納得《なっとく》させると、無表情のまま固まっている巴川さんにびしっと指を突《つ》きつけた。

「とにかくっ、あんたのそれは病気なんです！　一時の感情で男に手ぇ出してあとで後悔すんのは自分なんですからねっ！」

「後悔はあとにするものと決まっているだろう」

「揚《あ》げ足取んなっ」

それにも平手でツッコミをいれて、おれは一拍置《いっぱく》いたあと、十二指腸あたりからぐぐっと搾《しぼ》り出したような深いため息を吐いた。

「も、いいっす。これからはおれも鍵をかけて寝ることにしますから……」

そう、自分にだって非はあった。

巴川さんはあの部屋に鍵がかかることを教えてくれていたのだし。

「とにかく、さっさと飯食って病院へ行きましょう」

感情は、そう簡単に納得してくれなかったけど、それでも病気が治るまでがっちり鍵をかけとけば大丈夫《だいじょうぶ》だと何度も自分に言い聞かせて、おれはコーヒーカップを持ち上げた。

急患《きゅうかん》が入ったという藤田先生を待つ間、巴川さんと二人きりなのが気詰《きづ》まりで、おれは姉が内科に入院中であることを告げて一緒《いっしょ》に病室を訪ねた。

といっても、一応巴川さんは置いて行こうとしたんだけど、離《はな》れようとしないので仕方なく一緒に、というのが本当のところ。

ちなみに、この『離れようとしない』っていうのは比喩《ひゆ》じゃない。

今もおれの左手はがっちりと拘束《こうそく》されている。

巴川さんの右手に。

でも、これでも昨日は腕《うで》を組まされたことを考えればましになった——と思うしかない。

家を出るときは、腕を組む気まんまんだった巴川さんを、何度も説得して、懇願《こんがん》して、手を繋《つな》ぐことで勘弁《かんべん》してもらったのである。

……なんかそう言うと、おれ、負けてるって気がするな。

とまぁ、ちょっぴり落ち込みモードのおれに、ベッドの上の姉ちゃんは言った。

「なんかおもしろいことになってるんだって？」

「……………おもしろくないっての」

反論も力なくなろうってものだ。

この、嬉《うれし》そーにきらきら輝《かがや》く目を見れば。

「つーか、なんで知ってんだよ？」

病院から一歩も出てないくせに。

まさか、藤田先生が洩《も》らしたってことはないだろうけど……。

「お義母《かあ》さんにきいたの。なんか、男の人に愛の告白されて一緒に暮らすことになったんでしょ？」

それ…端折《はしょ》りすぎ……。

一応両親には、藤田先生のほうで了解《りょうかい》を取ってくれたんだけど、それじゃあまるで…なんていうか、おれがその告白を受け入れて、ホモになったみたいじゃないか？

「で、この人がそうなの？」

姉ちゃんは反論しようとしたおれの機先を制し、ベッドに半身を起こした状態で、興味津々《きょうみしんしん》とばかりに巴川さんを見上げる。

そんな姉ちゃんに、なにを思ったか巴川さんはおれの手を離すと、ずいっと近寄り、今度は姉ちゃんの手を取った。

そして——。

「はじめましてお姉さん。弟さんは必ず幸せにしますので、末永くよろしくお願いします」

「ふざけんなっ！」

思わず鉄拳《てっけん》制裁してしまうおれに、罪はないと思う。

姉ちゃんはそんなおれたちに、おもしろそうに笑って、あいたたと傷口を押さえた。

盲腸《もうちょう》取ったばっかりのくせに、馬鹿笑《ばかわら》いするからだ。

「末永く、ね。でも、こいつすんごい世話焼きなんですよ？　いっつもそれで、干渉《かんしょう》し過ぎって女の子に振《ふ》られてるし、はっきり言って、親戚《しんせき》のおばさんって人種よりも口うるさいくらい。平気ですか？　しかも、犬大好きで、放っておけば一日犬の話してるし。ちょっと行き過ぎってカンジ」

…黙《だま》って聞いてりゃ言いたい放題だよな、この女……。

しかし、ぐるぐると暗雲渦《うずま》巻くおれをよそに、巴川さんは姉ちゃんをまっすぐ見据《みす》えたまま、

「匡平がしてくれることなら、どんなことでもおれは大歓迎《だいかんげい》ですから」

病気のせいとわかっていても、んなことをはっきりと（しかも無表情で）言われておれはうろたえた。

姉ちゃんは感心したように頷《うなず》いている。

「ふーん。こりゃほんとに強力なのね。その病気って」

「——って、事情わかってんじゃねーか……」

どうやら、からかわれたらしい。

脱力《だつりょく》……。

「当然。まぁ、いいじゃん。この機会に新たな世界に旅立ってみるってのも」

「旅立つ必要全くなしっ」

おれは、今までのごくフツーのおれワールドで満足なんだっ！

んふふ、と気味の悪い笑いをこぼした姉ちゃんをギッと睨《にら》むけど、効果なし。

まぁ、端《はな》っから勝てるとは思ってないけど。

つーか、勝てると思ってないのが敗因かもってことにも気付いてはいるけれど。

「……んじゃ、そろそろ行く」

いつ藤田先生が手隙《てすき》になるかわからないし。

第一、ここにいたらからかわれ続けるだけだし。

「お大事に」

お定まりの言葉に、あんたもね、なんて返ってきたのに、なんとはなしにげっそりしつつ待合室に戻《もど》ると、藤田先生からの呼び出しはすぐだった。

「うーん…病気ってすごいですねぇ」

相変わらず、それが地顔なのか、おれの嫌《きら》いなニコニコスマイルを浮《う》かべて、藤田先生は感心したように言った。

「僕も久也とは長い付き合いだけど、こんなに嬉《うれ》しそうにしているのってほとんど見たことないですよ。特に僕の前ではいっつも不機嫌《ふきげん》だから、すごく新鮮《しんせん》〜」

………嬉しそう？

くるうりと、振り返って見上げたものの。

「……」

おれには、相変わらずの無表情に見えるけどな？

診察《しんさつ》の間は自由にしていていいよ、と言われたおれは、自販機《じはんき》でお茶を買って中庭で、あんときここに来なけりゃな、と苦い後悔《こうかい》を胸に桜を見ていた。

そこに診察が済んだのか、巴川さんを伴《ともな》って藤田先生が現れたのだ。

「じゃあ、今日の検査は終わったから、引き取ってくれます？　明日も同じ時間にね。今度は待たせずにすむと思いますけど……」

「明日も……おれ、ついてこないとだめですか？」

今日だって、別におれはなにをしたってわけじゃないし。

「いや、僕は別にかまわないですよ？　久也が──」

「こいつが来ないなら来ない」

まっすぐおれに視線を合わせてそう言いきった巴川さんに、藤田先生は、ほらねと言ってにこにこ笑った。

「…………わかりました」

だからTシャツの裾《すそ》をぎゅって握《にぎ》るのはやめてほしい。

いい大人なんだからさ……。


帰り道。

「寄りたいとこがある」

無表情のまま言った巴川さんについて、おれはホームセンターに来ていた。

一応、先に帰ると言ってはみたんだけど、案の定離してくれなかったのだ。

ここがおれの地元でなくってよかったと思う。

おれの手は相変わらず、巴川さんのそれに繋がれたままだ。

「なに買うんですか？　洗剤《せんざい》？　シャンプー？」

投げやりなおれの言葉に律儀《りちぎ》に首を振って、巴川さんは奥へ奥へと歩いて行く。

そして、ケージに入れられた、ガラス越《ご》しの動物達の前で立ち止まった。

「どれが好きなんだ？」

「は？」

「犬。好きなんだろう？」

「好き……ですけど」

そりゃあもう、気も狂《くる》わんばかりに。

「飼う、んですか？」

「犬が家にいたら、嬉しくないか？」

「嬉しいけど……」

「じゃあ、飼おう。お前が嬉しいとおれも嬉しいし」

だから、そういう台詞《せりふ》を無表情で言うなよ……。

でも……。

「……気持ちは嬉しいけど、そんな気持ちで動物飼うのはやめといたほうがいいんじゃないですか？　巴川さん、病気治ったあと、どうする気？　ちゃんと面倒《めんどう》みられんの？」

気持ちは嬉しい。それは本当。

家にもし犬がいたらって、想像しただけでわくわくするくらい犬が好きだし（実家では、義弟がアレルギーなので飼えないのだ）、それを知っておれのために、犬を飼おうって思ってくれる気持ちだって、その……ありがたいと思う。

でも、犬は生き物だから、要《い》らなくなったからって、ポイっと廃棄《はいき》していいものじゃない。病気が治って、おれがいなくなった途端《とたん》保健所行きなんてことになったらと思うと、とてもじゃないけど、飼う気にはなれなかった。

けど、おれの疑問に対して、巴川さんはあっさり頷いた。

「みられる。昔飼っていたことがあるし、安心していい」

「…そうなんですか？」

なんだか俄《にわか》には信じがたくって、おれは目を眇《すが》めるようにして巴川さんを見た。

巴川さんは、こくりと頷くと、

「実家で飼っていたんだ。コーギーのメスで、名前は美智代《みちよ》さん」

と言った。

なんとなく、目元が優《やさ》しい感じになったと思ったのは目の錯覚《さっかく》だろうか？

でも、おれはその言葉にほっとして、ちょっとだけ笑った。

「そっか……。美智代さん？　いい名前ですね」

「おれが生まれたときにはもういたんだ」

名付け親は自分ではないという主張だろうか？

なんか、おかしくて笑いがこぼれた。

「……やっぱり犬を飼おう。だめか？」

「犬が好きなんですよね？」

確認《かくにん》したおれに、巴川さんは迷いなく頷いた。

「ああ。それに——」

「…それに？」

「犬の話題になってから匡平は二回も笑った」

だから飼いたい。

まっすぐな目で、無表情で、それはまるっきり今まで通りだったけど、なぜか巴川さんが本当に心からそう言ったのがわかった。わかってしまった。

それがなんだか照れくさくて。

「……どいつにします？」

巴川さんが決めなよ、と言うのが精一杯《せいいっぱい》だった。

結局、キャバリアのメスに決まった。

おおきな黒い目と、垂れた耳。

白地に茶の模様。

小さくて、人懐《ひとなつ》っこくて、めちゃめちゃ可愛《かわい》い。

おれは帰る道々口元が緩《ゆる》みっぱなしだった。

「名前、なんにします？」

リビングの、玄関《げんかん》よりの角に金属性のケージを立てつつ訊《き》くと、巴川さんは少し迷って、

「……桜《さくら》」

「桜？」

「匡平の名字から一文字貰《もら》って。…あと、おれとお前を出会わせてくれた花でもあるし」

ぽつぽつと語られる言葉に、おれは思わず苦笑《くしょう》した。

「——あんときおれが桜を見にいったりしなかったら、あんたは今頃《いまごろ》三上さんとごくフツーのカップルだったはずですよ？　恨《うら》みこそすれ、感謝するもんじゃないでしょ」

少し苦々しい気分で言ったおれに、巴川さんはそっと首を横に振《ふ》った。

「おれは、匡平を好きになれたことが嬉しい。…少しも後悔していない」

そう言った声が、ものすごく幸せそうに聞こえてしまって、おれは思わず目を逸《そ》らした。

「それは、……巴川さんが病気だからだよ。朝も言いましたけど、正気に戻《もど》ったとき、自分が男に惚《ほ》れたことを死ぬほど後悔することになりますよ」

「しない」

「…………」

「おれは、後悔したりしない」

なんの疑いも持たないまっすぐな言葉。おれは、それでもこの人は後悔するだろうと思った。けど、今それを言っても無駄《むだ》なんだろう。

この人は病気で、そうである以上、おれが男だろうとなんだろうと（例えばおれが殺人鬼《さつじんき》だったり、性格破綻《はたん》者だったりしても）関係なく好きになってしまうんだから。病気が治るまではなにを言ってもきっと無駄なのだ。逆に言えば、病気さえ治ればなにも言わなくたってこの人は気付く。

自分の現実が、間違《まちが》った認識のもとにあったってことに。

「──まぁ、由来はともかく、桜って名前はいいと思う」

おれは諦《あきら》めが滲《にじ》まないように注意を払《はら》って、言葉を口《くち》の端に乗せた。

夜しっかりと鍵《かぎ》を掛《か》けたのがよかったのか、それとも桜と遊んで適度に疲労《ひろう》したのがよかったのか、おれは珍《めずら》しくぐっすり熟睡《じゅくすい》して、非常に気持ちよく目覚めた。

太陽はさんさんと地上を照らして、風は爽《さわ》やか。そして、リビングに行くとすでに朝食の用意ができていた。

「あ、ありがとうございます」

昨日に引き続きオートで出てきたコーヒーに礼を言う。

リビングをぐるぐる回っている桜の頭を撫《な》でて、椅子《いす》に座った。

……実は、誰《だれ》かにご飯を作ってもらうということに、いまいち慣れない。

父親が再婚《さいこん》するまでの間はもちろん、再婚してからも義母《かあ》さんが仕事を続けていたこともあって、家事はおれの役目だったし……。

「あ、あのさ、明日からおれが作ります。…食費も出してないんだし、家事っておれ、苦にならないから」

「いや、世話になってるのはこっちなんだ。気にするな」

「だけど……」

なんにもしないっていうのも……。

「──じゃあ、分担で。片付けと洗濯《せんたく》を頼《たの》めるか？　飯はおれが作るから」

「そんな」

言いかけたおれの言葉を、巴川さんは視線を逸らしたまま遮《さえぎ》った。

「料理は趣味《しゅみ》みたいなものだから」

少しだけ照れたみたいな声。

このひと、声には表情があるんだ。

昨日もちょっと思ったんだけど、今日はもっと顕著《けんちょ》。

慣れてきたからかな？

「……なんだ？」

「いえ、あの…わかりました」

まぁ…いいか。

人になにかしてもらうって落ち着かない感じだけど、なにもかもしてもらうわけじゃないし……。

それにしても……料理が趣味っていうのはかなり意外だ。

一緒《いっしょ》に暮らすんだから、と藤田先生がくれた身上書には、二十七歳で独身であること。某《ぼう》有名一流大学を卒業して、現在は建築家──を休業中であること。ＩＰＳ以外の病気は持ってないし、これといった既往症《きおうしょう》もなし。そして、ご両親とお姉さんが二人って家族構成であるってことぐらいしか書いてなかった。

おれは、心の中でそれに、三上直子さんっていう恋人《こいびと》あり、犬が好き、料理が趣味、と付け足した。

あ、あと、藤田先生は巴川さんを「すごく傲慢《ごうまん》で、我《わ》が儘《まま》なやつだよ」って言っていたけど、今のところそんな感じはしない。

ああ、でも、寝《ね》込み襲《おそ》っといて悪びれないのは傲慢と言えばそうかもしんないけど……。

なんて考えつつ、コーヒーをすすっていたら、視線を感じた。

「……？　なんですか？」

カップを下ろすと、巴川さんはなんでもないという風に首をゆるく振った。

「可愛いなと思ってただけだ」

――聞かなきゃよかった……。

「あ、そうだ、おれ巴川さんが飯作ってくれてる間に、こいつと散歩してきますよ。どうですか？」

時間的に無駄がなくっていいように思えるんだけど。

でも、おれの提案に巴川さんはあっさり首を横に振った。

「いや、散歩は夕方にでも一緒に行きたいから」

一緒に、にアクセントを置いて言われてなんとなくげっそり。

けど、この人も犬好きみたいだし、多分純粋《じゅんすい》に散歩に行きたいっていうのもあるんだろうな、と思って気を取り直す。

「じゃ、散歩コース考えといてください。おれ、この辺わかんないし」

おれの言葉に巴川さんは、無表情のまま頷《うなず》いた。

声に出さないで頷いただけだから、この提案に対してどう思ったかはいまいちわからない。

笑ったり、眉《まゆ》寄せたりしないからわかり辛《づら》いんだよな。

なんて考えつつ、おれは自分がこのひとに、はまりつつあるってことを自覚した。

って言っても、別に巴川さんの想《おも》いに応《こた》えようっていうような、はまり方じゃなくて。こんなに無表情な人に会ったのって初めてだから、なんとなく頑張《がんば》りたくなってしまったのだ。

これって、おれの悪い癖《くせ》かもしれない。なんていうか、口数の少ない人間に会うと話を弾《はず》ませてみたいって思っちゃうようなところがあるんだよな。

別に誰とでも仲良くなれるなんて考えているわけじゃない。

でも今も、こんな表情のないひとといるのは苦痛だなんて思うより前に、なんとしても表情を読んでやるって思っちゃってるし。

「……なんだ？」

「あ」

思わず顔を凝視《ぎようし》してしまっていたらしい。

「や、なんでも…すんません」

飯食っている最中《さいちゆう》にじっと見られるのって結構いやなもんだよな。

と、不躾《ぶしつけ》だった自分に反省したんだけど、巴川さんはなんでもないことのように「別にかまわないけど」と言った。

「見ている相手がお前なら、悪くない」

その台詞《せりふ》に、おれがますますゲンナリしたことは言うまでもない。


津山《つやま》@谷川《たにがわ》ゼミです。

今日どうした？
ガイダンスこなかったけど、なんかあったのか？
せっかくお前にいい情報もらおうと
思ってたのに肩透《かたす》かしだよ〜。

聞いた話だけど、
明日別の学部のガイダンスがあるから、
そっちに出ればおっけーらしい。
資料だけはもらっとかないと
さすがの若桜でも困ると思う。

そんなわけで、
お勧《すす》めの講義があったら
メールしてくれると助かる。
じゃ、またな。

「った〜……。忘れてた…」
同居開始から五日目。
夕食後、巴川さんが淹《い》れてくれたコーヒーを飲みながらメールチェックをしていたおれは、大学の友人からのメールに思わず頭を抱《かか》えた。

「どうかしたのか？」

床《ゆか》にぺたりと座りこんで桜と遊んでいた巴川さんが、不思議そうな目を向けてくる。

起きて、ご飯を食べて、桜と遊んだり洗濯をしたりしたあと昼食を食べ、病院へ行き、買い物をして帰宅。それからしばらくは個人的な時間を過ごして、散歩に行ったあと夕食。就寝《しゅうしん》まではリビングでだらだら、というのが大体の生活パターンになりつつある。

巴川さんはそのうち、おれがおれの間借りしている部屋にいるときと、風呂《ふろ》トイレ、睡眠時《すいみんじ》以外は傍にべったり一緒にいる。

おれも元々一人でいるのが好きじゃないタイプだから、リビングで桜も交えてゴロゴロしているのは全く苦にならなかった。

一応巴川さんもおれを襲うのはいけないって学習（？）してくれたのか、いきなり抱《だ》きついたりしなくなったし。

「あー…ちょっと」

言葉を返して、おれは参ったなとため息をついた。

なんかいろいろバタバタしてたから、ガイダンスのことなんてすっかり忘れていたのだ。

履修《りしゅう》の関係の資料配付だから、かなりまずい。

「……明日大学に行かなきゃなんないから、病院一人で行ってください」

「嫌《いや》だ」

……そう来ると思った。

きっぱりと言いきった口元が、珍《めずら》しいことに、意見を曲げる気はこれっぽっちもないという風に引き結ばれている。

が、おれも伊達《だて》に五日も、この人と生活を共にしているわけではない。

そろそろお互《たが》いのことが（扱《あつか》い方も含《ふく》めて）わかってきていた。

「頼《たの》みますよ。おれ明日ガッコ行かないと本っ当にヤバイんです。履修に必要な資料の配付とかが今日あったんだけど、おれ、それ忘れてて。でも、明日行けば一応大丈夫《だいじょうぶ》なんです。ちゃんとしとかないと卒業できなくなっちゃうんですよ〜」

泣きそうな顔で、心底困ったというように眉を八の字にする。

「……」

「おれを助けると思ってさ、お願いしますっ」

巴川さんは、ぐっと言葉を飲みこんだ。

でも実はこれって、おれの要求を呑《の》むのがすごく嫌だと思いつつ、しぶしぶ呑もうとしているからなんだよね。

こういうのも惚《ほ》れた弱みっていうのかな？

おれのために、っていうニュアンスに巴川さんは弱いみたい。

まあ、『おれのこと好きなら言うこときけ』って言ってるわけだから、卑怯《ひきょう》ではあるんだけど。

「…………わかった」

「ありがとうございますっ」

ため息混じりの承諾《しょうだく》に、すかさずお礼を言って笑顔《えがお》を向ける。

この笑顔、がポイントなのだ。

「仕方ないからな」

案の定、巴川さんの声がほんのちょっとだけど柔《やわ》らかくなる。

「巴川さんっていい人だよなー」

……おれって悪い人だろうか。

翌日。

「三沢《みさわ》」

ガイダンスのために決められた講義室の、後ろのほうの席に友人の姿を見つけて声をかけた。

三沢は、基礎《きそ》演習で一緒《いっしょ》だったことをきっかけに親しくなって、二年になってからもいくつか同じ授業を選択《せんたく》している。

ここにいるってことは、三沢も昨日出なかった口ってことだろう。

「あれ？　若桜？　どしたん？」

ものすごく意外だという顔をされて、苦笑《くしょう》がこぼれた。

「うっかり忘れててさ。昨日津山にメールもらって思い出した」

「へー、若桜でも、ンなことあるんだな～」

まあな、と適当に相槌《あいづち》を打ちつつ、空けてくれた席に座る。

「でもおれはラッキーだったかも。なんかいい情報ある？」

「総合教育科目くらいだな。あと、選択必修。ああ、でも、結構教授に移動があったみたいで、役に立たないかも」

受け取ったばかりの資料を封筒《ふうとう》から取り出しつつ答える。

「なに言ってんだよ〜、もう、さっすが若桜くんっ、愛してるっ」

で、とりあえず総合教育科目のお勧めは？　と訊《き》かれて、口コミで仕入れた情報を三沢に流しつつ、さっさと時間割表にチェックを入れる。

「あ、そういえば、お前バイトでも始めたのか？」

「は？　今はなんもやってねーけど……なんで？」

思いがけない問いに、おれは、ペンで色をつける作業を止めて、三沢を見た。

「いや、携帯《けいたい》の電源切ってんじゃん。家電かけても留守だし…。おれ、バイトが夕方から深夜シフトだから、昼間——二時過ぎっくらいかな？　何回かかけたんだけどさ」

「あー、わりぃ。その頃《ころ》って多分病院にいる時間だわ。あと、今アパートにいねぇから、家電かけても無駄《むだ》だし」

午後の外来が二時からなので、そのちょっと前に携帯の電源は切ってしまうのだ。

再びペンで必要な教科のチェックを進める。

「…どっかわりーの？」

「いんや、付《つ》き添《そ》い。一人じゃ病院行けねーってのがいてさ」

そう口にしつつ内心、嘘《うそ》は言ってないよな、と思う。

「ふうん？　お前んとこってそんな小せえ子どもいるんだっけ？」

「え？」

「アパートにいねーって、実家帰ってんだろ？」

あ、そっか。当然そう思うよな。

「あー、……うん。妹がいるんだ」

「大丈夫なのか？　妹っていくつ？」

「四つだよ。別に重い病気ってわけじゃないから」

あ、これは妹が病気だって誤解してるなって思ったけど、別に訂正《ていせい》する必要もないだろうと放っておくことにした。

本当のことなんて、絶対説明できないし。

「ふーん。なんか、お前らしいな」

「ん？　なにが？」

「しょっちゅう誰《だれ》かの面倒《めんどう》みてんじゃん」

「主にお前な」

なんて返しつつも内心、それ癖《くせ》みたいなもんだし、と思う。

世話を焼くのはおれのライフスタイルみたいなものだ。

まぁ今回の場合は、家事は半分以上むこうの分担だし、ある意味面倒かけてるとこもあるんだけどな。

——ああでも、それで気付いたことがある。

友人にも姉にも世話好きだと思われているおれだけど、人に世話を焼かれるのも全然嫌じゃないみたいなのだ。

今まではずっと世話を焼く側だったから、自分が焼かれる側になったら居心地《いごこち》悪いんじゃないだろうかって思ってたんだけど……。

正直言って、巴川さんに世話を焼いてもらうのは気持ちがいい。

それは巴川さんがおれになにかしてくれるたびに、人になにかしてあげるっていうのは、義務としてのものだけじゃないってことを感じるせいもある。

なんか、あのひと無表情だけど、どことなく楽しそうなんだよな。おれの面倒をみたくてみているんだっていうのが伝わってくるっていうか……。

なにかしてあげたいから、っていう気持ちが温かいってことを、おれは巴川さんとの生活で、少しずつ思い出していた。

そんなこと、巴川さんには内緒《ないしょ》だけどさ。

「で？　なんの用だった？」

「あ？」

「電話。くれたんだろ？」

「ああ、いや、用ってほどのことじゃねーんだけど……」

言いよどむ三沢に、おれは顔を上げた。

ちらりとこっちを見た三沢の目は、すぐに逸《そ》らされて宙をさまよう。

「三沢？」

「……美夏《みか》と別れた」

「はぁ？」

小さな声でぼそりと告げられた内容に、目を見開いた。

美夏ちゃんは三沢の彼女で、おれも何度か一緒に飲みに行ったことがあった。休み前に会ったときは、春休み中に三沢と行く旅行の計画なんかについて話していたのに。

「お前、なに……あー、も、どうしてそんなことになったんだ？」

なんか混乱のあまり、どこをどう突《つ》っ込んでいいかわからなくなった。

「聞いてくれんの？」

「聞く聞く……とりあえずこれ終わってからだけど…」

いや、それ以前におれには背負っている問題（というか男）がある（いる）ことが、脳裏《のうり》をよぎった。

が。

「――――まぁいいや。とりあえずガイダンス終わったら移動しよう」

多分今日を逃《のが》したら、また一人で動ける時間ってなかなかこないだろうし。

「ああ。――わりぃ。……実は結構マジでへこんでたんだよなー」

「いいって」

おれは軽く返事をして、ガイダンス終了《しゅうりょう》と共に、三沢と一緒に席を立った。


「――遅《おそ》い」

「……ごめんなさい」

ヤバイヤバイヤバイと思いつつ駅から走ったんだけど、駅に着いた時間が時間だったから、焼け石に水。

現在午後九時を回ったところ。

大学生の帰宅時間としては、遅すぎるものではない。

でも、約束したわけじゃなくっても、夕食までには帰れるだろうって思っていたのだ。巴川さんもだろうけど、おれ自身も。

巴川さんは、桜と一緒にマンションの前で待っていた。

過保護な親みたいだとちらりと思ったけど、真剣《しんけん》な顔を見たら、鬱陶《うっとう》しいとか少しも思えなくて、ただひたすら申し訳ない気持ちになる。

「もう…帰ってこないかと思った」

そんな馬鹿《ばか》なこと、なんて顔を見てしまったら言えなかった。

表情はいつもと変わらなかったけど、顔色はちょっとぞっとするぐらい蒼白《そうはく》で、おれは自分でも意外なほど胸が痛んだ。

ほんの少し前。

三沢と話していたときは、少しぐらいならいいんじゃないかって思った。

友達が辛《つら》い思いをしているんだから、って大義《たいぎ》名分を自分の中に掲《かか》げて、勝手に自分を許してしまったのだ。

「健人が言ってたみたいに……出《だ》てっちまったのかって…」

言葉と同時に、巴川さんの胸に抱き込まれても、文句が口をついて出ない自分に驚《おどろ》く。

それは、巴川さんの両腕《りょううで》や声が伝える感情が、死に別れたと思った肉親に出会ったみたいな、純粋《じゅんすい》なものだったから。

「ごめん…なさい…」

おれはもう、ほんとに参ってしまった。

子どもを作ったことはないけど、まるで子どもを捨ててしまったみたいな罪悪感。

それと同時に、自分じゃなきゃだめなんだっていう優越《ゆうえつ》感と愛《いと》おしさ。

そんなものがぎゅっと胸に押し寄せてきて……。

だから、一度はおれの上に男の顔で覆《おお》い被《かぶ》さった相手の背中を、恐《おそ》れずにぎゅっと抱き返した――。

マンションの前で恥《は》ずかしげもなく抱擁《ほうよう》などしてしまったおれは、その後桜の声で我に返ると、とりあえず荷物を置くべく部屋に帰った。

もちろん、巴川さんもべったり一緒《いっしょ》である。

「……で？　藤田先生になんか言われたんですか？」

巴川さんの腕《うで》に抱かれた桜にリードを付けながら訊《き》いた。

おれを待ってたせいで、今日の散歩がまだだったからだ。

「なにが？」

「さっき、なんか言ってたじゃないですか。出てくとかなんとか…」

ついでに、さっきの自分たちの狂態《きょうたい》を思って、また血《ち》の巡《めぐ》りがよくなってしまうおれである。

「ああ、あれは……」

ドアをくぐり、きちんと施錠《せじょう》してエレベータに乗り込む。

「IPSって……思いもかけない相手に発症《はっしょう》したときは、結構どうしようもないことが多いら

しい」

「どうしようもない……？」

って、どういうことだ？

「IPSが病気だってわかるまでは、単なるストーカーだと思われるのがほとんどだったらしいし、わかってからも、突然《とつぜん》自分を好きになった相手の世話をしてくれるような物好きは少ないって話」

……物好きで悪かったな。

それにしても、藤田先生、おれに話したときは同居以外に選択肢《せんたくし》はないって強引《ごういん》な言いかたしたのに。

あれって、巴川さんのための方便だったんだなと、やっと気付いた。

そうだよな。

考えてみれば、おれが女だったりしたら、普通《ふつう》は家族が許さないだろうし……。

でもあれが方便だったとわかっても、おれは全く腹が立たなかった。それは多分、おれが今の生活にそれほど不満を抱いていないからだろう。

貞操《ていそう》の危機とかもうほとんど感じないし、巴川さんに世話を焼かれたり、世話を焼いたりっていう関係も――悪くなくて。

「だから、匡平は一応了解《りょうかい》してくれたけど、いつ出て行かれても不思議じゃないって、言われてたんだよ」

エレベータが地上について、おれは無言のまま巴川さんと並んで箱から出た。

エントランスを出て桜を地面に下ろし、街灯の下を歩く。

無言のおれたちに対して、桜は元気いっぱい上機嫌《じょうきげん》で、ついてこいと言わんばかりの足取りである。

それに黙《だま》って従いながら、おれはじっと地面を見ていた。

『いつ出て行かれても不思議じゃない』

その言葉に返したい台詞《せりふ》が、咽喉《のど》のあたりに引っかかって、少し息苦しい。

こんなんなら、さっき帰って来たときのあのテンション上がりまくった状態のときに、言ってしまえばよかった。

そしたら、この台詞もこんなに恥ずかしくなかっただろう。

等間隔《とうかんかく》の街灯。

住宅街のせいで、人通りはほとんどない。

一度、反射板みたいなのをたすきがけしてウォーキングをしている人とすれ違《ちが》っただけで、そのあとは前にも後ろにも人影《ひとかげ》は見えなかった。

沈黙《ちんもく》は、街灯が伸《の》ばした影《かげ》よりも長くなってしまった。

言わなくっても許されると思う。

しい。

でも――言ったらこの人は喜ぶと思う。

おれはもう驚くべきことに、喜ばしてやりたいと思う程度には、この人に情がわいているら
「あの……」

「…なに?」

首を傾《かし》げるみたいにして、巴川さんがおれの顔を覗《のぞ》き込んだ。

おれは、とてもじゃないけど視線を合わせることができなくて、歩く度に揺《ゆ》れる靴紐《くつひも》を睨《にら》んでいた。

「安心していいです。……病気治るまでは、傍《そば》にいますから」

「……匡平」

街灯から少し外れた場所で巴川さんが立ち止まる。おれも少しだけ遅《おく》れて立ち止まった。

突然動かなくなったおれたちに、桜が少しリードを引っ張るようにじたばたして、それから足元にまとわりついてくる。

巴川さんの表情は見えない。

でも、きっと喜んでると思うのは、おれの己惚《うぬほ》れじゃないと思う。

そう思ったらますます羞恥《しゅうち》が胸に満ちて、おれはあわてて言葉を継《つ》いだ。

「無責任なやつになりたくないだけです。犬でも人でも、面倒《めんどう》みるって決めたら最後までみる。

よっぽどの理由がないかぎり、いきなり捨てたりしないって、それだけ」

「——おれは犬と一緒なのか？」

「文句あるんですか？」

あんたなんか犬みたいなもんじゃねーか。

こっちの都合にお構いなしでなついてきて、飼え飼え飼えって迫《せま》って、どこにでもついてきたがる、尻尾《しっぽ》のない犬。

……だから、見捨てることなんてできない。

それだけのこと、だ。

「ないさ。匡平は犬が大好きなんだし」

「——調子に乗らないように」

あんたなんか駄犬《だけん》だ、桜を見習え、と言ったのに、巴川さんは「ありがとう」なんて言った。

まったく……恥ずかしいから勘弁《かんべん》してほしい。

桜が、立ち止まったおれたちを不思議そうに見上げていた。

穏《おだ》やかな夜だった。

ごんごんごん。

頭に響《ひび》くようなノックの音がして、おれは眠《ねむ》りの縁《ふち》から引きずり出された。

現在午前七時。

日曜日ってことを考えると、起床《きしよう》時間には早すぎるんじゃないか？

といっても、春休み中のおれには曜日は関係ないけど。

「……なんスか」

ベッドから下りてドアを開け、ノックの主を睨みつける。

「外、見てみろ」

開いたドアの隙間《すきま》から、するりと入りこんだ桜の首を撫《な》でてやってから、不承不承窓に近付く。

そして、カーテンを開けたおれは、思わず目を疑った。

……晴れてやがる……。

気象予報士の嘘吐《うそつ》きっ、と思わず舌打ちしてしまう。

昨日の夜の予報では確かに雨だったはずの空は、なんの呪《のろ》いかカラッと晴れて、春特有のぼんやりとした水色が広がっていた。

「…………」

「晴れたな」

ため息をつきたい気分でカーテンに縋《すが》っていたおれは、背後からの声にビクリと肩《かた》を揺らす。

間近に迫る無表情で、端整《たんせい》な顔。

そこにはなんの感情もうかがえない。

はずだ。

でも、おれは最近この人の感情が声を聞かずとも、読めるようになってきた。

目の表情が見分けられるようになったっていうか……別に、豊かになったわけじゃなくて、これもやっぱり慣れだと思うけど。

ちなみに今は、嬉《うれ》しさと期待に満ちてキラキラしている。

犬だったら、盛大に尻尾を振《ふ》っているだろう表情だ。

その足元では、本物の犬である桜が、わけがわからないなりに嬉しそうに尻尾を振っていた。

「弁当作ってくれるよな？」

嬉しそうな声に、しぶしぶ頷《うなず》く。

あんな約束するんじゃなかったと思っても、後の祭りだろう。

昨日の夜、日曜は病院が休みだから桜もつれてどこか出かけたいと言う巴川さんに、ちょうど天気予報の傘《かさ》マークを見ていたおれは、なにも考えずに、「晴れたらね」と答えてしまったのだった。

「でも、明日は雨らしいから無理だと思うけど」

「晴れる」

言いきった口調が、遠足は延期だと言われたのを否定する小学生のようで、おれは反論を諦《あきら》めた。

子どもにはなにを言っても無駄《むだ》なのだ。

もちろんこの人がおれより七つも年上だってことはわかってる。

でもさ、一緒《いっしょ》に暮らしてみればわかる。

この人って精神的に子どもなんだよ。

藤田先生の言ってた、『傲慢《ごうまん》で我《わ》が儘《まま》』って、ひょっとして子どもっぽいってことだったのかも。

したいことをして、許されるって思ってる傲慢さ。

したいことを、なにがなんでも通そうとする我が儘さ。

でも、最終的におれが本当に嫌《いや》がることはしないし、おれが喜ぶことをしたがる。

それが……なんていうか——可愛《かわい》い、と思う。

年上の、しかも男を捕《つか》まえて言うことじゃないけどさ。

それに、おれは人になんかしてもらうっていうことがあまりなかったから、なんだかくすぐったい気持ちになったりもする。

……いや、くすぐったいっていうか…うん、嬉しいんだよな。

正直言って。

「晴れませんって」

「晴れる」

……強情《ごうじょう》。

自分が願えば天気さえも変えられるって、思っているんだろうか？

「晴れるから、弁当持ってデートしよう」

誰《だれ》と誰がデートなんだと思いつつ、期待に満ちた表情に負けて、どうせ雨なんだからと一人ごち、挙げ句——。

「わかりました。晴れたら弁当でもなんでも作ってあげますよ」

と言ってしまったのである。

なんで、んな余計な一言を言っちまったんだろーな……。

朝食を食べながら、箸《はし》を握《にぎ》る手に思わず力が入ってしまう。

ちなみに、巴川さんの作る朝食は、洋食だけでなく、和食のときもある。

今日のメニューは、ごはんに味噌汁《みそしる》、鮭《さけ》の切り身、モヤシと明太子の白和え、キュウリの漬《つ》け物、飲み物もコーヒーではなく緑茶。

趣味っていうだけあって、料理の腕《うで》はいいのだ。

今ではすっかり、この人の作る飯に舌が慣れてしまった。

「卵焼きは忘れないでくれ」

卵焼きってツラかと思いつつ、はいはいと頷くに留める。

「卵焼きは甘いの？　それともしょっぱいやつ？」

「甘いの」

お子様味覚だ。

「タコさんウィンナも入れてあげますよ」

嫌味《いやみ》のつもりで言った台詞《せりふ》に、真剣《しんけん》な目で頷かれて脱力《だつりょく》した。

料理が趣味《しゅみ》のくせに、弁当は作って欲しいとか、その内容がお子様だとか、なんかちょっとこう、可愛い気がしてしまう自分にもうんざりする。

こうなったらとことんお子様味覚を追求《ついきゅう》した弁当を作ってやる、と密《ひそ》かに拳《こぶし》を固めるおれだった……。

　最初は乗り気じゃなかったおれも、春の心地《ここち》よい陽気と、愛犬が揃《そろ》っている以上、いつまでも不機嫌《ふきげん》ではいられない。

　街の中心部から少し外れたところにある、大きな公園に着いた頃《ころ》には、満開に近い桜を目の前にしたこともあって、思わず顔をほころばせていた。

　桜のあるあたりは人が多かったので、そこは横目に通り過ぎるだけにして、奥にある人工池へ向かう。

「いー気持ちだな～」

「なんか、こんなこと言うのちょっと癪《しゃく》だけど……たまにはこういうのもいいっすね」

　途中《とちゅう》のコンビニで買った、小さめのレジャーシートに座って人心地ついた。

　そうだろう、なんて巴川さんはにこりともせず頷く。

「――三上さんと来たりすんの？」

　なんとなく、いい年した男二人でこんなふうに和《なご》んでいるのが恥《は》ずかしいような…くすぐったいような気がして、訊《き》かなくてもいいようなことを訊いてしまう。

「直子と？　来るわけがない」

　なんでそんなこと訊くんだっていうような、質問の意図がわからないというような、ちょっと間の抜《ぬ》けた声だった。

「そ、なんすか？」

おれの問いに、呆《あき》れたようなため息。

「だいたい、女はこんなところに来たがらないだろう。特に直子は犬が好きじゃないし、アウトドアなんて、考えただけで眉間《みけん》にしわを寄せてるタイプだな」

「ふーん……」

まあ、そんな感じではあったよな。

けど、「女は来たがらない」っていうのはちょっと言い過ぎっていうか……巴川さんの女性観って偏《かたよ》ってる気がする。

でも……。

「巴川さんもそんな感じしますけどね」

「そんなって？」

巴川さんの目が不思議そうに瞬《しばた》く。

「アウトドアって顔じゃないってこと。犬が好きだってのも、マジ信じらんなかったし」

「そうか？」

「そうそう」

見た感じは、ホント似たもののカップルなのだ。

「……もう何年も、こんなことをした覚えがないことは確かだな」

「やっぱり。似合ってねーもん」

春の陽射《ひざ》しの下で弁当食べるのなんて、めちゃめちゃミスマッチで、思わず笑ってしまう。

まるで、絵本のコーナーに間違《まちが》って置かれた哲学書《てつがく》みたいだ。

「じゃあさ、なんで今日こんなことしようと思ったの？　桜がいるからですか？」

「……それもあるな。家に一人で置いておくのは可哀想《かわいそう》だし」

言いながら長いリードの先で遊んでいる桜を見つめる。

優《やさ》しい目だ。

「あとは……多分、おれはこういうのが好きなんだろ。似合わないからしなかっただけで……

病気で箍《たが》が外れてるらしい。健人が言ってたんだけどな」

意外な言葉に、目を瞠《みは》る。

「IPSと関係があんの？」

単なる『一目惚《ひとめぼ》れ病』だという、おれの認識《にんしき》はやっぱりちょっと甘かったらしい。

「エスって……聞いたことあるか？」

「心理学用語？　一年のとき講義とってました」

フロイトの精神構造論によると、人間は自我と超自我《ちょう》とエスから成り立っているという。

エスっていうのは、日本語にすれば『快・不快原則』というやつで、幼児にはこの機能のみが働いているらしい。

つまり、自分にとって気持ちいいか悪いかっていうのが判断のすべてなのだ。

ちなみに、超自我っていうのは、理想や義務、道徳に対する機能。

自我っていうのは、現実や環境《かんきょう》に対応する機能。

エスだけだった幼児は、やがて超自我が発達し、大人になるころにやっと自我が十分に機能するといわれている。

おれがそのことを話すと、巴川さんは頷《うなず》いて、だったら話が早いと言った。

「IPS発作《ほっさ》後の精神っていうのは、エスに比重が置かれているらしい。それは、今まで知らなかった相手をいきなり好きになるってことに対する、防衛機制みたいなものだと考えられている」

防衛機制っていうのは、自我が不安の処理をするに当たって、対応が困難だったり、精神的におかしくなったりする可能性があるってことを予測した場合に起こる、精神的な防御《ぼうぎょ》策のことだ。

「好きになった相手によっては、自我や超自我が強かったら抵抗《ていこう》を感じて、ジレンマに陥《おちい》る可能性も高い。つまり…今までの自分の常識とのギャップに耐《た》えられないんだ。でも、エスのみで判断すれば、どんな相手だろうと心地いいから問題ないってことになる。もし、この防衛機制が働かなかったら、精神的に参ってしまうやつもいただろうな」

それは……確かにそうだ。

もし、巴川さんの超自我が正常に働いていたら、男を好きになったことにかなりの抵抗があったはずなんだ。ある日突然《とつぜん》男を好きになった自分を、そう簡単に許容できたはずがない。精神を保つために、超自我よりもエスが強くなる必要があるんだ。

「じゃあ、今の巴川さんって……幼児……？」

簡単に言うとそういうことだよな？

「…言うな」

ふいと視線を逸《そ》らした巴川さんの無表情の下に、恥ずかしさが滲《にじ》んで見えた。

「そっか……っ……はは」

子どもっぽい子どもっぽいと思ってはいたけど……。

「なんだ……」

思わず笑ってしまった。

もちろん、病気なんだから気の毒なんだけど、でもおかしい。

悪いと思いつつも腹を抱《かか》えて笑っていたおれに、巴川さんは本格的に拗《す》ねてしまったみたいだ。

なんかつぼにはまってしまって、ひーひー言っているおれを置いて、桜のところへ行ってしまった。

その後ろ姿を見ながらおれは、やっとの思いで笑いを止めて涙《なみだ》を拭《ふ》いた。

シートにごろりと横になって、背が高くてスタイルも顔もいい、イイオトコが犬と戯《たわむ》れているのを見つめた。

無表情は相変わらずだけど、巴川さんは無表情なだけで、本当は感情豊かなんだろう。

あの人の感情は主張しないけど、ずっとそこにあるのだ。

まるで、綻《ほころ》ぶ前の木の花みたいに。

でも、と思う。

なんでだろう？

なんで巴川さんはあんなに感情を表に出さないんだろう？　なにか理由があるんだろうか？

家庭の事情とか、過去の人間関係だとか、陳腐《ちんぷ》な舞台《ぶたい》設定が脳裏《のうり》をよぎった。

ひょっとしたら、ＩＰＳになったことと関係があったりするのか、と考えるのは穿《うが》ち過ぎだろうか？

ＩＰＳはエスを解放する。

それは、なにを意味するんだろう？

ひょっとしたら、巴川さんは精神的に疲《つか》れていたのかもしれない。そんな様子、ちっとも窺《うかが》えないけど、もしそうだと仮定して。

そしたら、こうしてひとを好きになって（まぁ、おれだったのはまた大問題だけど）ドーパミンがんがん出して、好きなことだけして……っていう今の状態は、あながち悪いことだけじゃない――かもしれない。

無理やりにでもそうすることが必要な、そんなギリギリの事情が巴川さんの中にあったとしたら……？

おれは、同居八日目にして初めて、IPSのこと、そして巴川久也という人間のことを真剣《しんけん》に考えた……。

唇《くちびる》や額、顎《あご》の辺りになにかが触《ふ》れた感触《かんしょく》と、胸になにかが乗っかった衝撃《しょうげき》で目が覚めた。

目を開けると、巴川さんと桜が揃《そろ》っておれを覗《のぞ》き込んでいた。

どうやら、レジャーシートの上でうとうとしていたらしい。

いや、それはともかく今の――。

「飯にしないか？」

「今、なにしました？」

巴川さんの訴《うった》えを無視して訊《き》く。

「……」

巴川さんは無言で視線を逸らした。

「……巴川さん」

「美味《うま》そうだったからつい」

ついじゃねーだろ……。

とりあえず痛くない程度にぽかりと頭を殴《なぐ》った。

巴川さんは、殴られたことには頓着《とんちゃく》せず（慣れてきたらしい…）、ちらりとおれを見て口を開く。

「自分を好きだと言う男の前で、無防備に寝《ね》ているほうにも責任がある」

「開き直りっすか？」

「……」

「……」

無言の攻防《こうぼう》。

そして――。

「……すみません」

「わかればいいんです」

こういうとこが嫌《きら》いになれないんだよな。

なんて考えながら、おれは自分がキスされたことに対して、嫌悪《けんお》感が薄《うす》いという事実をどうしたものか、とちょっとだけ悩《なや》んだ。

薄いっていうかむしろ――いや、やっぱり考えないでおこう。

「――飯にしましょ。手ぇ拭いて」

おれは自分の感情にさっと蓋《ふた》をして、バッグからウェットティッシュを出した。

巴川さんはそれで丁寧《ていねい》に手を拭いて――即行《そっこう》、桜を撫《な》でる。

……ま、いいけど。

「そういえば――」

鮭《さけ》のお握《にぎ》りを食べながら、ふ、とさっき顎の辺りがくすぐったかった理由に気付いた。

「巴川さんって、髪《かみ》長いですよね」

サラリーマンだったら、ちょっと問題ありって感じの少し長めの黒い髪。それが、さっき、おれの顔に当たったのだ。

「ん？　ああ。伸《の》ばしてるわけでもないんだが……。匡平は短いほうが好きなのか？」

「うーん……そうですね。どっちかっていうと」

結構女顔だから、あんまり伸ばさないようにしてるってだけだけど。

「そうか……」

「あ、そういえばさ。ちょっと訊いてもいいですか？」

「なんだ？」

「巴川さんのお父さんってなにしてるヒト？」

思わぬ質問だったんだろう。少しだけ驚《おどろ》いたような沈黙《ちんもく》があった。

「突然なんだ？」

「んーん……なんとなく」

さっきのアホみたいな推測を話すこともできず、笑ってごまかす。

「——医者だ」

巴川さんは、少しだけ不思議そうな顔をしたけど、あっさり答えてくれた。

「え？　でも……」

意外。

なんていうか……医者の子は医者っていう、思い込みみたいなものがあるからかな？

そんな思いが顔に出ていたのか、巴川さんは、苦笑《くしょう》した。

「病院は姉が継《つ》ぐことになっているんだ。まぁ、誰《だれ》が継いでもいいものだし……」

継ぐ……ってことは、開業医なのか。

「あ、ひょっとして、あの病院？」

今、巴川さんが通ってる……ついでに言えば姉ちゃんが入院していた総合病院。

おれの問いに、巴川さんはあっさり頷《うなず》いた。

「巴川さんは最初っから、全然継ぐ気なし？」

「大学に入るとき姉がすでに医大に行っていて、おれには好きなようにしろって言ってくれた。医者になりたいならそれでいいし、経営でもいいし、それ以外でもなんでもってな」

当時を思い出しているのか、ふわりと柔《やわ》らかい声でそう言う。

「結局その言葉に甘えて、建築のほうに進んだんだ」

「――いいお姉さんですね」

「そうだな、まぁ…な。甘やかされてばっかりだ」

少し照れたような声。

「……確か、お姉さんが二人いるんですよね？」

そんな巴川さんを微笑《ほほえ》ましく思いながら、違《ちが》う問いを投げる。

「ああ。病院を継いだのは上の姉で、下の姉はもう結婚《けっこん》して家を出ている。今は育児《いくじ》休暇《きゅうか》でおとなしくしてるけど、小学校の養護教諭《きょうゆ》だ」

「ふーん……。ご両親ってどんな感じ？」

「どんな…？　どんなと言われるとな……。母親は看護師だ。きびきびした人で、口うるさい。下の姉がそっくりだ。父親は――よく似ていると言われるな」

「……巴川さんに？」

こっくりと頷く。

「どういうところが？」

この問いには、巴川さんも少し困ったようだった。

沈思《ちんし》して、ため息と共に次の台詞《せりふ》を吐《は》き出すまでにしばらく間が空く。

「上の姉が言うには……『表情筋がないところがそっくりだ』と」

それにおれは一瞬沈黙《いっしゅんちんもく》して、次の瞬間《しゅんかん》には盛大に吹《ふ》き出していた。

「なっ、なんだっ……そうだったんだっ……」

遺伝だったのか。

悩んで損した。

「そんなに笑うな」

そう言われても、笑いの発作《ほっさ》はなかなか去ってくれなかった。

おれ、なんか今日笑ってばっかだ。

「……にしても」

「？　なんですか？」

散々笑って、笑い疲《つか》れて、痛くなった腹を押さえるおれに、巴川さんが言った。

「こうして、自分に興味を持ってもらえるっていうのは、嬉《うれ》しいもんだな。好きな相手だから
なんだろうが」

台詞と共に、大きくて、でも繊細《せんさい》な指をした手がおれの頬《ほお》をそっと撫でる。

表情はやっぱりほとんどなかったけど、その手からは慈《いつく》しむような温かいものが伝わってき
て、おれは赤面してその手を振《ふ》り払《はら》った。

「そっ、そういうわけじゃないですっ、誤解すんなよ！　ちょっと興味があっただけ」

ぷ

「嫌いな相手に興味を持ったりしないだろ?」

「そ、そりゃ」

「興味は好意の第一歩だ」

……そうかもしんないけど。

「でもっ、違《ちが》うんだっ」

ムキになって言うと、かえって本当に違うのか自信がなくなってくるから不思議だ。

「それは残念」

もちろん、嫌ってるわけじゃない。

最初は、なんでこんなことにって思った同居も意外にうまくいっているし、犬好きで話題が合うし、飯は美味いし。

興味はある……きっと、好意も。

でも……。

そのとき。

胸に引っかかっているものがあることにふと気付いた。

小さくて、でも尖《とが》った先で存在を主張するなにか。

そのなにかから、目を逸らしたくて、おれはぎゅっと掌《てのひら》を握り込んだ……。

「やっぱり、犬のいる生活っていいよなぁ」

玄関《げんかん》で桜の足の裏を濡れタオルで拭《ぬぐ》いつつ呟《つぶや》いたおれに、巴川さんは満足そうに、そうだろと言った。

腕《うで》を組んで「エッヘン」とか言いそうな声色《こわいろ》に、ちょっと笑ってしまう。

「犬、前は飼ってたのか？」

おれが、やっぱりと言ったからだろう。

そう訊《き》いた巴川さんに、頷いて答える。

「うん。高校入るくらいまでずっと飼ってて。ビーグル犬だったんですけどね」

拭《ふ》き終わった足を下ろしてやると、桜がちゃかちゃかと奥に走り込んだ。追うようにして一《いっ》緒《しょ》にリビングに入る。

巴川さんもそれに続いてきた。

インプリンティングとは上手《うま》く言ったものだと思う。まるでカルガモの親子だ。

コーヒー淹《い》れます、と言ったおれに巴川さんが頷く。

「名前は？」

「え？　ああ…」

犬のことを言っているのだと思い当たる。

「ロルとエル。ロルが男の子で、エルが女の子」

「二匹《ひき》飼っていたのか？」

「ええ。姉とおれで一匹ずつ。最初は二人で一匹って話だったんですけど…」

そのときのことを思い出して、おれはつい吹き出してしまった。

キッチンに入った巴川さんが振り返って「どうした？」と困惑《こんわく》を滲《にじ》ませる。

「いえ……。姉が言った台詞を思い出しちゃったんです。自分とおれとで一匹ずつならケンカしないからいいと思うって言った挙げ句、『一匹しか駄目《だめ》なら真ん中で半分にする』って」

「それは——剛毅《ごうき》だな」

そりゃ、父親も了承《りょうしょう》するしかなかっただろうと思う。もともと動物が嫌《きら》いなわけじゃなかったし。

姉ちゃんはそのときすでに中学生だったけど、その台詞はおそらくマジだった。

すごい気迫《きはく》で、おれはそんな姉が怖《こわ》くて、大泣きしたのを覚えている。

「半分にしちゃやだ〜、って泣いてるうちになんとなく話がまとまって…」

それから父親が再婚《さいこん》するまでの六年間はずっと一緒だった。

「……」

水をいれた薬缶《やかん》を火にかけつつ、今はいない二匹のことを思って、沈黙《ちんもく》したおれに、巴川さんは少し誤解してしまったらしく、「すまない」と謝った。

「え？　あ、違いますよ？　死んだわけじゃないんです」

「……そうなのか？」

ほっとした声。

「ええ。その、父が再婚して弟になった子が、アレルギーで。里子に出したんです」

「そうか……」

「そのあとも見に行ったことあるんですけど、元気だったし」

でも、別れが辛《つら》いだけだとわかって、行ったのはたった一度きりだったけれど。

「義弟の健康には代えられないし……」

その気持ちは嘘《うそ》じゃない。

でも……あのときのもやもやとした暗い気持ち、それも確かにおれの中にあったものだった。

思い出すだけで、胸が塞《ふさ》がれるような、醜《みにく》い自分。

だから、

「――辛かったな」

巴川さんの腕が、そっと伸《の》びてきて、おれの頭を撫《な》でたのにはびっくりした。

「そんな…こと。義弟のこと考えたら……当然だし」

「でも、ロルだってお前の兄弟だろう？」

そうだろう？　と問われて、思わず巴川さんを凝視《ぎょうし》してしまう。

それは、五年前におれが飲み込んだ気持ち、そのものだったから。

犬が飼えないからこの結婚に反対、なんて言えるはずはなかったし、義弟を嫌いになれるはずもなかった。

けど、あのとき。確かに飲み込んだものはあったのだ。

同じ気持ちだっただろう姉にも、こぼしたりできないほど、暗く苦い思いが……。

なにも言えずに、立ち尽《つ》くしたおれの気持ちがわかったみたいに、巴川さんは言葉を紡《つむ》いだ。

「今までずっと家族だった相手と、これから家族になる相手だったら、今まで家族だったほうが大切で当たり前なんだ。それを認めたからって、今、匡平が弟さんを大事に思っている気持ちに傷がつくことはない」

「……」

「――そう…かな」

そうなんだろうか？

ロルを手放したくないと願ったこと――義弟なんて要《い》らないと思ってしまったこと――は、罪悪ではないんだろうか？

………わからない。

でも。

「そうだ。辛かったのに父親や、母親になる人の為《ため》に我慢《がまん》したんだろう？——えらかったな」

「……っ」

与《あた》えられた手の温かさに、少しだけ、泣きそうになった。

我慢するのが、当たり前だと思う頭のどこかで、自分が犠牲《ぎせい》になっていると感じていたあのときの自分。

そんな自分を哀《あわ》れむのは罪悪だと思う向こうで、誰《だれ》かに哀れんでほしいと思っていた。

与えられたことに、眩暈《めまい》がするほどの歓喜《かんき》が胸に溢《あふ》れた。

そして。

自分がほしかったものを、与えてくれる人がいるっていうことが、どれだけ救いになるのかを知って、最初の気持ちを思い出した。

おれが人にしてあげたかったものも、きっとそういう、望まれたなにかなんだっていうことを……。

「……子ども扱《あつか》いすんなよ」

子どものクセにっ、と睨《にら》みつけたおれに、巴川さんはいつもの無表情で、

「じゃあ、精神年齢《ねんれい》的には釣《つ》り合いがとれてるな」

と、からかうような口調で言った。

翌日。

珍《めずら》しくおれを診察室《しんさつ》に呼んだ藤田先生は、

「リハビリ、進めようと思ってね」

と言った。

「進める?」

おれの声があまりに怪訝《けげん》そうだったためだろうか、藤田先生は、ちょっと困ったような、でも可笑《おか》しいというような微妙《びみょう》な表情になった。

この人の表情は、いつもとっても豊かで、ここのところ巴川さんばかりを眺《なが》めて暮らしているおれには、ちょっと新鮮《しんせん》である。

この部屋にいるのは、おれと藤田先生だけ。

巴川さんは、検査のために別室に行ったままだ。

「ええっと…それ、なんですか? どういうことをするんです?」

おれを呼んだってことは、きっとおれにも関係があるんだろう。

「うーん…とね。今までは、言ってみれば、検査の間だけきみと引き離《はな》しておくっていう短時間且《か》つ短距離《たんきより》のリハビリだったわけです。目に見えなくても、傍《そば》にいるということを患者《かんじゃ》は知っていたし、すぐに会えることもわかっていたから、とくに混乱もなかった。でも、三日前は、きみが自分の目の届かない場所にいること、ほぼ半日以上引き離されることがわかっていながら、久也は単独行動ができましたよね？　これは大きな違《ちが》いです」

三日前。おれが大学のガイダンスに行った日のことだ。

おそらく巴川さんから聞いたんだろう。

「それで明日からは、もっと長時間の引き離しを行うことにしました」

「はぁ……」

そんなもんかな？

おれとしては差《さ》し迫《せま》った事情で、強引《ごういん》且つなし崩《くず》し的に決行したことだったから、大きな違い、とか言われてもあんまりピンとこないけど、どうやら重要なことだったらしい。

ああ、でも最初は同じ空間にいないとだめ、とか言ってたもんな。

「それで、その……具体的にはどういう……？」

「まず、病院にはもう一緒《いっしょ》に来なくて結構です。久也はごねるでしょうけど、僕からちゃんと説明します。あと、――大学はいつからですか？」

「明後日からですけど……」

おれの答えに、藤田先生はPCの中のカレンダーに印を付けつつ、少し首を傾《かし》げた。

「そうですか……。うーん、ちょっと間隔《かんかく》は短いですが……まぁ、大丈夫《だいじょうぶ》でしょう。大学には普通《ふつう》に行ってくださって結構です。ただ、夜にはきちんとマンションのほうに帰宅してください。確か、一緒に犬の散歩に行ってるんでしたよね？」

「は？　あ、はい。行ってます」

「それに間に合えばベストです。その時間になれば帰ってくるっていう安心感があったほうがいいですからね」

ああ、なるほど。

「わかりました。あ、でも、おれ大学あるの週三日なんですけど……あとの日も外出とかしてたほうがいいんですか？」

大学も三年になると、授業数はぐっと少なくなる。

卒業に必要な単位は百二十四で、そのうち百程度は、一、二年のうちに取れてしまうからだ。三、四年では残り二十四単位と、資格を取得するのに必要な単位分だけの授業を選択《せんたく》し、卒論と就職活動に備えることになる。

おれの場合も、一、二年結構真面目《まじめ》に頑張《がんば》ってたから、今年の前期は授業数が七つ。昨日貰《もら》ってきたシラバスと時間割を見ながら組み立てた感じだと、大学に行くのは週三日ってことになりそうだった。

一日に五時間まで履修《りしゅう》できるから、二日で組み立てることもできるんだけど、楽だという噂《うわさ》の授業を選択しようとしたらこうなってしまったのである。

「ああ、そうですか…。うーん、まぁ好きなように。部屋にいてもいいし、外出してもいいし……。大学が始まってしまえば、自宅に帰る必要も出てくるでしょうから、そういうときは遠《えん》慮《りょ》せず帰ってください。ただ――」

「散歩の時間まで？」

「そうです」

そこまで一気にまくし立てた藤田先生は、そこでふぅ、と大きなため息をついた。

「先生？」

なんだか、らしくない。

医者っていうのは激務だっていうし、疲《つか》れていても当然なんだろうけど、いつも飄々《ひょうひょう》としてるから、ため息なんてつかれるとなんとなく落ち着かない。

「――大変なことをお願いしているのはわかっているんですが……。もう少し久也のこと、お願いします」

藤田先生の口から出たとは思えないような真摯《しんし》な言葉。

言っちゃ悪いけど、驚《おどろ》いた。キャラじゃないような気さえする。

でも、この人もきっと巴川さんのことを本気で心配しているんだろう。

そう思ったら、少しだけ心が温かくなった。

「まぁ……乗りかかった船ですから」

冗談《じょうだん》めかした言葉が出たのは照れくさかったからだ。

でも、藤田先生にはそれが照れ隠《てかく》しだなんて、すぐにわかってしまったのだろう。

「そう言ってもらえると助かります」

そう言って、笑った。

それは、おれの嫌《きら》いなにこにこ笑顔《えがお》ではなく、すごく自然な優《やさ》しい笑みで、おれも思わず微《ほほ》笑《え》み返してしまった。

巴川さんに、こんなふうに親身になってくれる人がいることが嬉《うれ》しかった。

まぁ、本来おれは赤の他人、先生は親戚《しんせき》なんだから、おれがこんな風に思うのはおこがましいのかもしれないけど。

「でも、安心してくださいね」

「え？」

なにがだろう？　おれは首を傾げた。

「もうここまでくれば、そう長いことかかりませんから」

「え……」

それは当然、完治するまでに、ということだろう。

でも……本来は喜ばしいはずのその言葉が、なぜか飲み込めない尖《とが》った骨のように、咽喉元《のどもと》に突《つ》き刺《さ》さった気が、した。

「そう……なんですか？」

「ええ。次の月曜日くらいには完全に病院に移して、若桜くんとの接触《せっしょく》を断ちます。一週間ほど入院すれば、あとはもう元通りですよ」

どこまでもにこやかな先生に、おれは笑い返すことができずにうつむいてしまった。

「月曜日……」

「それくらいですね。思ったより早く治りそうでほっとしました。若桜くんの献身的な看護のおかげかもしれませんね」

呟《つぶや》きを、問いだと思ったのだろう。先生はカレンダーを見ながら満足そうに答えた。

「まぁ、様子見ながらですが」

その言葉はなんの慰《なぐさ》めにもならなかった。

巴川さんの病気が治る。それは、いいことなのだろう。

いや、間違《まちが》いなくいいことのはずだ。周囲も、きっと本人も、それを望んでいる。そのための治療《ちりょう》、そのためのリハビリなのだ。

……おれだって、望んでいるはずだ。

なのに、なんなんだろう。この重苦しい気持ちは？

胸の中にタールを流しこまれたみたいだ。

——次の月曜。

それは、あと一週間で同居が終了《しゅうりょう》することを意味していた。

「若桜くん？」

「あ……」

はっとなって顔を上げると、藤田先生が心配そうな顔でおれを見ていた。

「すみません、なんですか？」

「いえ、別になにと言うわけでもないんですが……大丈夫ですか？」

大丈夫ってなにが？　って思ったけど、おれはただ頷《うなず》いた。

でも、藤田先生はおれの返事を聞いても相変わらず神妙《しんみょう》な顔をしたままだった。

「——引き摺《ず》られないように気をつけてくださいね」

「え？」

意味がわからなくって、首を傾げる。

「わからないならいいんです」

そう言って藤田先生が苦笑《くしょう》したのと、検査の終わった巴川さんが戻《もど》ってきたのはほぼ同時だった。

だからおれは、藤田先生の言葉も、その苦笑もすぐに忘れてしまったのだった。

「元気がないな」

「え？」

病院からの帰り道。

なぜだか沈《しず》みがちになってしまうおれに、巴川さんが訊《き》くともなしに言った。

「なにかあったのか？」

「い、いや、なんも……」

否定しながらも、自分の言葉に説得力が全くないっていうのはわかっていた。

当然巴川さんは、納得《なっとく》できないというようにおれをじっと見つめている。

「――あ、の。ほら。そろそろ桜の季節も終わりだなって思って……」

たった今寄ったばかりのスーパーの脇《わき》に生えていた桜を指差して、おれは必死で言い訳をした。

「病院のも散り始めたみたいだし、次、雨が降ったら終わっちゃうなって思ったら……淋《さび》しくなっただけ」

淋しくなった。

「そうか……」

「うん」

淋しい——。

そう、確かにその通りなんだ。

それはきっと、おれが本来巴川さんに全く関係のない人間だから。

別に、この同居生活をずっと続けたいと思っているわけじゃない。ただ、病気が治ったら、おれと巴川さんにはもうなにひとつ接点はない。

二度と会うこともない。

それが——淋しいんだ、おれ……。

「じゃあ、日曜にまた見に行かないか？」

「そう…っすね。でも…日曜までもつかな……」

日曜日。

その言葉に心臓がドキリと跳《は》ねた。

入院は次の月曜日だから、それが最後の週末になる。

桜は、まだ散っていないだろうか……。

「じゃあ、その前にでも散歩しがてら行けばいい」

その言葉に頷きながらもおれは、大切な友人が転校してしまうって聞いた小学生のように、途《と》方《ほう》に暮れてしまっていた。

どうしていいかわからない。巴川さんの顔が見られなかった。

巴川さんも、なにも言わずに、ただ、おれの横をいつにもましてゆっくりとした歩調で歩いていく。

遅《おく》れがちになるおれの歩調で、二人の差が開いてしまわないように、ゆっくり……ゆっくり。

ただ、そこにあって、おれをいたわってくれる空気がありがたかった。

巴川さんは、犬みたいで、子どもみたいで、でも本当は大人なんだと思う。

我《わ》が儘《まま》で傍若無人《ぼうじゃくぶじん》なんて嘘《うそ》だ。

まぁ、確かに最初は――……最初は？

そこまで考えて、おれは、すうっと背筋が寒くなった。

最初。

同居を始めたころの巴川さんは、今よりもっと子どもっぽくって、どこか犬っぽいところもあって、我が儘も言ったりしていた。

夜這《よば》いをかけたり、抱《だ》きついたり、手を繋《つな》ぐと言ってきかなかったり……。

でも、それってエスのせいなんだよな。

病気のせいで――エスが強くなっていたせいで、子どもっぽかったんだ。

だから、こうして巴川さんを大人だと感じるようになったのは、本来の『大人としての巴川さん』を取り戻しつつある証拠《しょうこ》みたいなもので……。

やっぱり、病気は治り始めているのだ。

月曜日に入院という、藤田先生の言葉がますます現実味を増して、眩暈《めまい》がしそうだった。

淋しいなんて言葉じゃ、本当は追いつかないくらい……おれは。

「巴川さん……」

「ん？」

「リハビリのこと、聞きましたよね？」

声のトーンが暗くならないように、最大限の努力をした。

思いきって、顔を上げて巴川さんを見上げる。

「……あぁ」

巴川さんは、暗く沈みきった声で相槌《あいづち》を打った。

ため息がおまけについてくる。

そのことに——リハビリが進むことを、巴川さんが憂《うれ》えていることに——安堵《あんど》している自分に気付く。

「巴川さん……おれのこと、好き？」

口に出してから、なんて馬鹿《ばか》な質問だろうと、顔が熱くなる。

「ごめっ…今のなしっ」

「好きだ」

あわてて、胸の前で手を振《ふ》ったおれに、巴川さんは言った。

「匡平は、いるだけでおれの心をいっぱいにしてくれるんだ」

いつも通り表情はそのままで。

「──巴川さんは一々大袈裟《おおげさ》だよ」

恥《は》ずかしい台詞《せりふ》だと思うのと同時に、そんなわけがないと思う。

いるだけでいい、なんて、考えたこともないことだった。

人間関係って、メリット・デメリットが最重要項目《こうもく》なんだから。

なんていうか──その人がいることによって得られる、メリットとデメリットを秤《はかり》にかけて、その天秤《てんびん》の傾《かたむ》き具合によって、その人物の自分にとっての価値が決まるのだと思う。

なにかをしてあげられる自分に、価値があるのだ。

──ああ、そうか。

そこまで考えて気がついた。

巴川さんにとっては、おれがＩＰＳの対象であるっていうのがあるから、『一緒《いっしょ》にいる』ということが最大のメリットになるのだ。

だから、そこにいるだけで心をいっぱいにする、という言葉は嘘じゃない。

いや、違《ちが》う。

言葉は嘘じゃないけど、実際は嘘なんだ。

だって、巴川さんのその感情は、病気によって作られたものなんだから……。

なんだか、絶望の淵《ふち》を覗《のぞ》き込んだ気分だった。

今の今まで、おれが巴川さんを嫌《きら》いじゃないとか、可愛《かわい》いとか思いつつも、「好き」に振《ふ》り替《か》えられなかった理由が――ずっと引っかかっていたものがわかった気がする。

それは、羞恥心《しゅうちしん》とか、道徳観念とかそういったものじゃない。そうじゃないって、気付いた。

――そう、これはもっと、違うもの。

もっと……苦くて辛《つら》いもの。

巴川さんが、IPS患者《かんじゃ》だというその、事実。

期限付きの好意。エスが可能にした、一瞬《いっしゅん》の恋《こい》。

巴川さんが好きなのは、おれが若桜匡平だからじゃない。おれがIPSの対象だったからなんだ。

わかっていたことだ。

この人が病気だっていうことも、この好意がその病気によるものだっていうことも。

なのに――。

好きになったらダメだって、わかっていたはずなのに。巴川さんは男なんだから、自分が好きになるわけないって油断していた……。

もう本当は、おれはとっくに巴川さんを好きになってしまっていたんだ。

巴川さんと一緒に病院へ行かなくなってから四日。大学での健康診断《けんこうしんだん》を終えて部屋に帰ると、巴川さんはまだ帰っていなかった。

玄関《げんかん》まで迎《むか》えにきてくれた桜の頭を撫《な》でて、リビングで時計を見る。

午後二時。

今から検診、というちょうどその時間。

昼食がまだだったけど、食べる気にはなれなかった。リビングのソファに寝転《ねころ》がり、そっと体を伸《の》ばす。

視界に入るのは、巴川さんのいない部屋。一人と一匹《ぴき》の部屋は、南向きの窓から入る日光なんて寄せつけないほど、寒々しい。

がらんとして、まるで死んでるみたいだ。

あの日……おれが大学のガイダンスに行った日、巴川さんもこんな気持ちだったのかな？

落としたため息すらもなかなか拡散してくれない、そんな重く沈《しず》んだ空気が苦しくって、おれはソファの下にうずくまった桜を抱き上げ、縋《すが》るように抱きしめた。

好きだって自覚したら、淋《さび》しいって気持ちが、悲しいって気持ちに、こんなにも寄り添《そ》っていることにも気付いてしまった。

早く帰ってきて欲しいって思う。時間が止まって欲しいって思う。

会えてよかったって思う。会わなければよかったって思う。

ＩＰＳのせいじゃなくって好きになって欲しかったと思う。ＩＰＳのせいじゃなかったら好きになってもらえなかったって思う。

あまりにもたくさんの矛盾《むじゅん》が自分の中にあって、おかしくなりそうだった……。

ドアの閉まる金属音で目が覚めた。

いつのまにか眠《ねむ》っていたみたいだ。

少なくとも三時間近くが経《た》っていたらしく、空は少しずつ暮れかかって、部屋の中も薄暗《うすぐら》くなっていた。

「匡平」

名前を呼ばれて、胸の中に温かいものが満ちた。

お帰りなさいと返そうとして口籠《くちご》もる。たった一言の挨拶《あいさつ》に、心がこもり過ぎてしまう気がして、恥ずかしかったから。

それをごまかすように早口でお帰りなさいを言いながら起き上がる、と――。

「……髪《かみ》、切ったんですね」

――驚《おどろ》いた。

朝、家を出たときはまだ少し長めだった巴川さんの髪が、今はスッキリしていて、凜々《りり》しさ三割増になっていたのだ。

リーマンって言っても通るかも……ああでも、雰囲気《ふんいき》が全然違うから無理かな。

「ああ、その……匡平がこの前、短いほうが好きだと言っていたから、きちんとしようと思って……」

「は？」

おれ……そんなこと言っただろうか？

「変か？」

「あ、え、いや。すごくかっこいい……けど……」

いつだ？

短いほうが好き？

――――あ。

『匡平は短いほうが好きなのか？』

『うーん……そうですね。どっちかっていうと』

公園に行ったのときの……あれか？

でも、おれはあれ、自分の髪型《かみがた》についてのコメントのつもりで……。

暗くなった部屋の明かりを点《つ》けてから、歩み寄ってきた巴川さんを座ったままで見上げる。

髪がなくなった分、顎《あご》や高い頬骨《ほおぼね》が見えて、かっこいい。

でも、おれは思わず吹《ふ》き出してしまった。

「な、なんだ？」

「い、いえ……っ…なんでもっ」

その髪型が、勘違《かんちが》いの産物だということが可笑《おか》しくて。

巴川さんは、おれの隣《となり》に腰掛《こしか》けてから、短くなった髪を気にするように、右手で何度も梳《す》いた。

「やっぱりおかしいか？　おれも、こんなに短くしたのは久《ひさ》し振《ぶ》りだし、自分でもおかしいかと思ったんだが……」

「いえっ…っ……すごくかっこいいです。おれはこのほうがいいと思う」

気合い入れて、笑いを止めてそう言ったおれに、巴川さんは嬉《うれ》しそうに、ありがとうって言った。

そしておれは……素直《すなお》なその言葉も、おれの一言で髪を切っちゃうところも、なんだかすごく可愛いと、またしても思ってしまった。

そして、気がついたときには、小さい子にするみたいに巴川さんの頭を撫でてしまっていた。

サラリと、短くなった髪の感触《かんしょく》を掌《てのひら》に感じて、我に返る。

「あっ、ご、ごめん」

自分より年上の男に向かってなにをやっているんだ、とあわてて引っ込めようとした手を、巴川さんが摑《つか》んだ。

「と、巴川さん？」

見つめた目から、愛情が滴《したた》り落ちそうだった。

心臓が、耳元で鳴ったような錯覚《さっかく》。

「匡平……？」

──気付かれた、と思う。

おれが、巴川さんを好きだって……気付かれてしまった。

「匡平」

静かな声。

巴川さんの後ろに、紫色《むらさきいろ》の空が見えた。

「匡平…っ」

今度は少し、切羽詰《せっぱつ》まったような声。

摑まれた手が少し痛いくらいで、おれはその必死さにちょっとだけ微笑《わら》った。

近付いた端整《たんせい》な顔。

予感がして、でも、おれはそれに逆らうことなく目を閉じた。

瞼《まぶた》に落ちたのが唇《くちびる》だと、目を閉じていてもわかる。

それは、ゆっくりと左右の瞼、鼻梁《びりょう》、頰《ほお》を辿《たど》って、唇に重なった。

「ん……」

閉じたままの唇をそっと、擦《こす》り合わせるようにされてやっと、キスをしているという実感が湧《わ》く。

それでも、避《さ》ける気にはなれなかった。

おれの手を摑んでいる手とは反対の腕《うで》が、ウエスト部分に回って、ぐいと引き寄せられる。

迷わず、腕を背中に回したのは自分の意志だ。

キスは深くならずにそこに留まって、欲望じゃない愛《いと》しさと、慈《いつく》しみを伝えた。

「…………」

唇が離《はな》れたあと、巴川さんは問いた気におれを見た。

でも、おれが目を逸らすと、なにも言わずに小さくため息をつく。そして、なにごともなか

ったかのように体を離した。

「――桜を見に行かないか？」

明日から天気が崩《くず》れるらしいから。

そう言った巴川さんにおれは声を立てず、ただ頷《うなず》きを返した。


夜の公園はしんと静かで、ほとんど人気《ひとけ》がなかった。

街灯が、うら淋《さび》しげにぽつんぽつんと佇《たたず》んで、白い光を投げかけている。

「せっかくだから座ります？」

「そうだな」

頷いた巴川さんと一緒《いっしょ》に、桜の木の近くにあったベンチに座る。

もちろん、降り積もった桜の花びらを払《はら》って、だ。

公園のあちらこちらに、本来ならピンク色の……今は青白く見える吹き溜《だ》まりが出来ていた。

桜はもう盛りを過ぎていて、風もないのにはらはらと散って行く。

いつもなら潔《いさぎよ》いと思うその姿も、今日はなんだか淋しい。

次々に落ちる花びらは、ときの流れそのものみたいで、おれはままならない気持ちが喉《のど》を塞《ふさ》いで、息苦しいくらいだった。

「——本当に終わっちゃうんですね」

桜のことを思って言ったんだけど、口にした途端《とたん》、それは自分の耳にも同居生活のことを言っているように響《ひび》いて、どきっとする。

そっと巴川さんを窺《うかが》うと、どこか思いつめたような目をしていて、おれの言葉に、この生活の終わりを思ったことは間違《まちが》いないみたいだった。

桜のことですよ、と付け足そうか迷ったけど、言い訳がましくなるのは目に見えていて……。

「……終わらせたくない」

巴川さんが、ひりりとした切ない声で言った。

「終わらせたくないんだ」

視線は確実におれを捉《とら》えて、抱《だ》きしめられるよりもずっと、縛《しば》られている感じがする。

「傍《そば》にいてほしい」

「……約束通り、入院までは傍にいます」

「そういう意味じゃないっ」

そんなふうに、言われなくてもわかっていた。

でも……。

「これからのことだ。これからもずっと——傍にいてほしい」

「──それは……」

胸が軋《きし》むようだった。

心が脳にあるなんて嘘《うそ》だ。だってこんなにも、胸が痛い。

たった一言を搾《しぼ》り出すだけで、壊《こわ》れてしまいそうだった。

「だめ、です」

言葉は、おれの中のなにかを壊して、そのままの勢いで溢《あふ》れ出ようとする。

「巴川さんは病気なんだ。その気持ちも、全部巴川さんの意志じゃない。退院したらあんたきっと、男を好きになったことを一生の汚点《おてん》だって思うよ」

「そんなことは──」

「あるよっ！」

巴川さんの眼《め》が傷付いたような光を含《ふく》んだ。

でも、止められなかった。

自分の胸の痛みを、この人にも押し付けようとしているんじゃないかって、頭のどこかでわかっていたけど、それでも言葉は口をついてしまう。

「今はそんなこと言ってるけど、絶対あんた後悔《こうかい》するっ！　酔《よ》っ払《ぱら》って失敗した次の日みたいに、こんなこと恥《は》ずかしくって、封印《ふういん》したいって思うんだよ……」

おれを好きだって言ったことも、桜を飼ってくれたことも、一緒に公園で弁当を食べたことも、キスしたことも、おれにとってはもう、掛《か》け替《が》えのないと思えるこの生活の記憶《きおく》も、今こうして見ている夜桜も――全部。

そんなのは耐《た》えられないと思った。

終末をすぐそこに見つめた恋《こい》。

永遠なんてものを信じているわけじゃないから、どんなことにも終わりはやってくるってわかっている。

どんな恋だっていつかは終わるんだろう。

でも、いずれ終わるときがくるだろうと思っているのと、必ず終わると知っているのでは全然違《ちが》う。

なのに……。

「後悔はしない」

言いきった巴川さんは、反論のために開いたおれの口を、そっと右手で制した。

「もしも、十日後のおれが後悔したとしても、今のおれは後悔するつもりなんてないんだ。どんなことだってそうだろう？　後悔するとわかっていて行動することなんてほとんどない。行動するときは、後悔しないと信じて動いてる」

「……ふざけんなよ」

なんだよそれ？

言い訳にすらなってない、とか。

それってやっぱり十日後には……退院するときには後悔するかもしれないってことじゃんか、とか。

なんでも正直に言えばいいってものじゃないだろ、とか。

そんなんだったら、ずっとなんて言わずに、今だけ——今だけ傍にいて欲しいって言ってくれればいいのに、とか。

言ってやりたいことはいっぱいあったけど、おれからこぼれたものは涙《なみだ》だけだった。

「匡平……」

「っ……勝手だよ」

「泣かないでくれ……」

そっと涙を拭《ぬぐ》われて、おれはその手から逃《のが》れるように俯《うつむ》いた。

でも、それでも追いかけてくる手を、振《ふ》り払うことはもう、できなかった。

触《ふ》れる掌《てのひら》。

仄《ほの》温かい感触《かんしょく》が頰に優《やさ》しくて、おれは押し付けるように少し首を傾《かし》げた。

涙は止まることなく、その手を汚《よご》していく。

「好きなんだ」

ひくりと、喉が鳴った。そんな言葉をくれるのは酷《ひど》いと思う。

後悔するとわかっていて行動することなんてほとんどないと、巴川さんは言うけど、おれにとって巴川さんを受け入れることは、後悔するってわかっている上での行動なのだから。

——巴川さんが不実な人だったらよかった。

今だけの気持ちで突《つ》っ走《ぱし》ってくれればよかった。

だって、どんなに巴川さんが誠実に未来の話をしてくれたって、おれにはそれを信じることなんてできないんだから。

巴川さんが信じてる十日後のおれたちを、おれは信じることができないのだ。

なのに、夢みたいなことを誠実に語る巴川さんを信じられないまま——不実な気持ちのまま、おれはこの人に応《こた》えようとしてる。

後悔が、道の向こうでおれを待っている。

傷付くのは自分だけじゃない。

「——本当に、わかってるんだ……おれは、あんたを受け入れるべきじゃないって」

巴川さんはきっと病気が治ってから、自分が男と関係を持ったということに、拒絶《きょぜつ》と嫌悪《けんお》を覚えるだろう。

病気のせいだと知っていながら、受け入れたおれを恨《うら》むかもしれない。

だけど。

「おれ……」

明日する後悔よりも、今の気持ちのほうが大切だった。

自分でも馬鹿《ばか》だと思うけど……。

後悔しないことよりも、良心や常識よりも、大切なことがあると思ってしまった。どこまでもエゴイスティックな自分に気付いてしまった。

「おれも…好きです」

『病気が治ったあと後悔することになる』と言ったのはおれだったのに。

最初から、わかっていたのに……。

好きになってしまった。

IPSに――エスに動かされてる、実在しないかもしれない『巴川久也』を。

「ありがとう」

巴川さんがおれをぎゅっと抱きしめる。

おれは、もう躊躇《ためら》わなかった。巴川さんの背中に腕《うで》を回して、同じように抱き返す。

後悔するなんて百も承知だ。

降りてきたキスに、素直《すなお》に目を閉じて、火傷《やけど》したようにひりひりする胸にもそっと目を瞑《つぶ》る。

IPSはエスを増幅《ぞうふく》させるというけど、IPSに浮《う》かされた恋は普通《ふつう》の恋とどこが違うだろう。

あとにくる痛みや良心や常識。

全《すべ》てを吹《ふ》き飛ばす勢いで、この恋に殉《じゅん》じるという快楽に流されていく。

今おれを動かそうとしているものは、自我でも超《ちょう》自我でもなく、確実にエス、だった。


マンションまでの道程は信じられないくらい長かった。

でも、途中《とちゅう》で寄ったコンビニで巴川さんが焦《あせ》ってお釣《つ》りを受け取り損《そこ》ねそうになったとき、自分だけが急《せ》いてるんじゃないってわかって、ちょっとほっとしたけど。

……ってそれは買った物のせいもあるかも。

置いて行かれて不機嫌《ふきげん》な桜をなだめることもしないまま、寝室《しんしつ》に辿《たど》り着いた途端《とたん》おれは巴川さんのキスに絡《から》め取られた。

「ふ…っん」

合わされた唇《くちびる》から、するりと潜《もぐ》りこんできた舌に、上顎《うわあご》のあたりをくすぐられて、腰《こし》が跳《は》ねる。舌や唾液《だえき》だけじゃなくって、もっと大切なものを混ぜてしまいたいって思ってるみたいに、深いキス。

巴川さんの舌は、ちょっとだけ冷たくって、じゃあ、巴川さんのほうはおれの舌を熱いと感じてくれているだろうかなんて、余裕《よゆう》なんて全然ないはずの頭の片隅《かたすみ》で思う。

そのままベッドに押しつけられるみたいに倒《たお》れこんで、Tシャツをたくし上げられた。

そのままTシャツは首から抜《ぬ》かれてベッドの下に落ちる。

乾《かわ》いた指先がおれの胸を撫《な》でたのは、キスが唇を離《はな》れて顎《あご》から首へと移ったときだった。

「んっ…」

普段《ふだん》はそこにあることも忘れてるような乳首《ちくび》を撫でられて、くすぐったいような感覚に首を竦《すく》める。

「や、そんな、とこっ…さわんなよ……っ」

女の子じゃないんだからと思うのに、指は執拗《しつよう》にそこに触れてくる。

びくびくと震《ふる》える体を見咎《とが》められている気がして、おれは羞恥《しゅうち》に顔を両腕《りょううで》で覆《おお》った。恥《は》ずかしさに耳が燃えるように熱い。

「匡平…顔、隠《かく》すなよ」

掠《かす》れた声を耳元に吹き込まれても、おれは断固として首を横に振った。

巴川さんは、愛撫《あいぶ》の手を止めておれの両腕を外そうとする。

「やっ…見ないで……」

頭を振って拒否《きょひ》を伝えるけど、結局腕は外されてしまった。それでも、目を開けることはできなくて……。

「匡平……」

けれど、名前を呼ばれて、その声があまりにも不安そうだったから、おれはぎゅっと瞑って
いた目を開けて恐《おそ》る恐る巴川さんを見た。

「巴川さん……？」

両腕を顔の横に押さえられたまま呼びかける。

巴川さんはほっとしたようにおれの額にキスを落とした。

「頼《たの》むから……隠さないでくれ。不安なんだ……見えないと。お前が感じてくれているのか、本当に嫌《いや》がっているのか…わからないだろ」

優しい声。

少しずるいと思ったけれど、巴川さんがおれの腕を解放しても、おれはもう顔を隠すことができなかった。

「あっ……ああ…」

唇を鎖骨《さこつ》に、左手を胸に残したまま、右手が下肢《かし》を探《さぐ》る。

服の上から撫でるようにしたと思ったら、すぐにボタンが外されて、チャックが下げられた。

「や…っあ、やめっ」

直接握《にぎ》り込まれて身を捩《よじ》った途端、少しだけ浮いた腰から下着と一緒《いっしょ》にジーンズが剝《は》ぎ取られる。

慣れてる。

この人めちゃめちゃ慣れてる。

そんなことに少しむかつきながら、でもこの年で全然慣れてなくても怖《こわ》いけど、なんて余計なことまで考えた。

でも、それも巴川さんの手がもう一度おれを握り込むまでのこと。

「はっ…あっ、ん」

ゆっくりと上下に扱《しご》かれて、与《あた》えられる快感に自然と足が開いてしまう。

その足の間に巴川さんが入り込んだ。でも、その体勢を恥ずかしいと思う間もなく、どんどん追い上げられてしまう。

「気持ちイイ？」

「っ…んな、こと訊《き》く…なっ…」

そんなに強くされてるわけじゃないのに、頭がおかしくなりそうなくらい気持ちよかった。

いや、もう絶対、頭おかしくなってる。そうじゃなきゃ、いくらなんでも早過ぎる。

おれのそこはもう、先走りでびしょびしょになっていた。

「待って…っ、待って、もう……っ」

止めようと伸《の》ばした右手を摑《つか》まれて、指に口付けられる。

指を含《ふく》まれて、指の股《また》を舌でくすぐられた。そんなことにまで恥ずかしいくらい感じてしまう。

やっと右手を取り戻《もど》したと思ったら、今度はそこって決めてたみたいに唇が脇腹《わきばら》に落ちた。

「うんっ」

強く吸い上げられて、ぞくりと快感が走る。

腰骨《こしぼね》にそって下がる舌が、行きつく場所がどこかわかって、おれはあわてて身を起こそうとした。

でも、ひょっとしたら巴川さんはそんなことまで見越《みこ》していたのかもしれない。

起きあがろうとしたために咄嗟《とっさ》に立ててしまった左膝《ひだりひざ》を掬《すく》い上げられて肩《かた》に担《かつ》がれる。おれは起き上がることもできずに、ますますあられもない体勢になってしまった。

「あぁ……っ」

開かれた足の間に巴川さんの顔が埋《う》まる。

短くなった髪《かみ》が太腿《ふともも》の内側をくすぐった。

「やだっ、やめっ…あっ、もう、やだって言って…ん…」

口に含まれて、鈴《すず》口や裏筋を舌で辿られて、膝で巴川さんの頭を挟《はさ》み込む。

すぐにそれがどんなに恥ずかしい体勢か気付いたけど、そうでもしていないと、高まる射精感を抑えきれなかった。

「あっ、はな、してっ、もう駄目《だめ》っ、出ちゃうから…っ」

口の中で出すのだけはどうしても嫌で、ぎゅうっと目を瞑《つぶ》って我慢《がまん》する。

「お願いっ、巴川さん、やだ、やだよ…ぅ」

もう絶対だめ、あと五秒ももたないと思ったとき、巴川さんがやっとそこから口を離してくれた。

「いっ…あぁっ」

でも、そのとき偶然《ぐうぜん》なのか、わざとなのか巴川さんの歯が鈴口にあたって、おれはあっと思う間もなくいってしまった。

「ご、ごめん…っ」

射精後の脱力《だつりょく》感から解放されてすぐ、巴川さんの顔にかけてしまったことに気付いて謝ったけど、巴川さんはおれがぐったりしている間に脱《ぬ》いだ自分の服で、何事もなかったようにそれを拭《ぬぐ》っていた。

「で、でもあんたも悪いんだからな。ホモでもないくせにいきなり人のもん咥《くわ》えやがって……」

恥《は》ずかしさのあまり悪態をついたおれに巴川さんは、匡平のだったら平気だ、なんてこんなときでも無表情で言う。

そんなこと、言われると……。

「——おれも、平気だよ。巴川さんのなら…その……舐《な》められる、と思う」

決死の覚悟《かくご》で言ったんだけど、巴川さんはあっさり首を横に振《ふ》った。

「匡平にはもっとして欲しいことがあるから」

キスされて、すぐ近くで囁《ささや》かれる。

「……やっぱり最後まですんの…？」

「嫌か？」

「……やじゃ…ないけど」

怖い。

そんなとこにあんなものが入るなんて、知っていても信じられなかった。

こんなシーンでそんなこと言う男ってどうなんだと思ってたけど、言われたらこれってアリなんだと思った。

「できるだけ優《やさ》しくする」

だって、おれ頷《うなず》いちゃったし。

おれが頷くと、巴川さんはもう一度キスをして、さっき寄ったコンビニの袋《ふくろ》からゴムと、潤《じゅん》滑剤《かつざい》代わりのクリームを取り出した。

「うつ伏《ぶ》せになって」

そのほうが楽だからと言われて、素直《すなお》に従う。

腹の下に腕《うで》を入れられて持ち上げられ、空いた隙間《すきま》に枕《まくら》を入れられたときは、恥ずかしくて死ぬかと思ったけど、死ぬのはまだ早かった。

まだ全然序の口だった。

「んっう…」

掌《てのひら》で温められたクリームが尻《しり》の狭間《はざま》に塗《ぬ》りつけられて、濡《ぬ》れた指が何度も何度もそこを往復した。

いきなり入れられなかったことにはほっとしたけど、何度も撫《な》でられるうちにそこが綻《ほころ》んで指が引っかかるようになるのをリアルに感じてしまう。

そうなってから初めて、指が挿入《そうにゅう》された。

「ンっ、う……」

「きついか？」

「だ、大丈……夫」

ぬるぬるとしたものが出入りする感覚が気持ち悪かったけど、痛みは全然なかった。

「あっ」

その上、入り口から少し入ったあたりを押されたときに、信じられないような快感が走って、腰《こし》を振るような仕草までしてしまった。

前立腺《ぜんりつせん》マッサージなんてサービスがあるくらいだから、当然なのかもしれないけど、なんか自分が淫乱《いんらん》になったような気がして、二本に増えたときに少しだけ走った痛みにほっとしたくらいだ。

でも、それにもやがて慣れて、痛みより快感が勝ってしまう。

巴川さんは、全然急がなかった。

嫌《いや》ってくらい慣らされて、指が三本になったときも、潤滑剤を足して中まで濡らしながらゆっくりと抜《ぬ》き差しを繰《く》り返す。

「あっ、ん…も、平気だから…っ」

そんな台詞《せりふ》を言うよりも、中で溶《と》け出した潤滑剤が腿《もも》を伝うことや、指が出入りするたびに響《ひび》く濡れた音のほうがよっぽど恥《は》ずかしくて、おれは自分から強請《ねだ》るようなことを口にした。

「お願…い、もう指、や…だ。入れてよ……っ」

途端《とたん》に、今までの穏《おだ》やかさが嘘《うそ》だったみたいな速さで指が抜かれて、ずっと温度の高いものが押し当てられる。

「……匡平っ」

「あ——っ」

指よりもずっと太いものがぐっとそこを押し開《ひら》いた。

さすがに痛かったけど、痛いと思って力を入れたときには一番太い先端《せんたん》部分は入ってしまっていて。

「あっ、ああっ」

ずるりと入ってきたものが、指では届かなかった部分まで開いていくのが怖《こわ》くて、ぎゅっとシーツを摑む。

「っ……痛むか…？」

一番奥まで入りこんでから巴川さんは動きを止めた。

荒《あら》い呼吸の合間の問いに、首を振る。

「大丈夫《だいじょうぶ》……」

本当は入り口のあたりが開ききって、引き攣《つ》れたみたいに痛んだけど、我慢できないほどじゃなかった。

「でも、ちょっと…ちょっとだけ待って」

自分が開かれて、中にもう一つ鼓動《こどう》があるっていう感覚が怖くてそう言ったおれを、巴川さんは背中から抱《だ》きしめてくれる。

動かないままで、首筋にキスを落としてくれた。それに、少し安心して力が抜ける。

不意に……自分はこんなふうに大事に女の子を抱いたことがあったかなって思う。

自分がすごく大事にされてるって、わかった。

――ああ、この人が好きなんだ。

そう思った。

「…好き……」

気持ちが溢《あふ》れて、泣きそうな、震《ふる》えた声になってしまう。

巴川さんが答えるみたいに耳の後ろを吸い上げた。

「大好き……」

強く湧《わ》いた想《おも》いがなぜか酷《ひど》く胸に痛い。

「──ありがとう」

巴川さんの声も情欲以外のもので掠《かす》れていて、背中に落ちた水滴《すいてき》が、汗《あせ》じゃなくって涙《なみだ》だってわかった。

そんなことも全部、嬉《うれ》しくて……。

「もう、大丈夫だから。──動いて……」

そこから先はもう、わけがわからなくなってしまった。

でも、何度も何度も名前を呼ばれたことだけは確か。

きっと、ずっと、忘れないと思った……。


リビングで電話が鳴っていた。

時計の針は午後の二時を半分以上回っている。

目が覚めたときにはすでに巴川さんは病院へ行ってしまったあとで、おれは体の不調もあって一人でゴロゴロしていたとこだった。

まさかおれ宛《あ》ての電話だなんて思わずに、留守番電話に切り替《か》わるのを聞くともなしに聞いていると、スピーカーの向こうから聞き覚えのある声に名前を呼ばれる。

『藤田です。若桜くん……いるんでしょう？　ちょっと話があるんですが』

「……藤田先生……？」

躊躇《ちゅうちょ》したのはほんの一瞬《いっしゅん》だった。

ギシギシと不調を訴《うった》える体を引き摺《ず》って、リビングの電話を掴む。

散々泣いたせいで、目が少し腫《は》れぼったい。このぶんだと瞼《まぶた》は三重になってるかもしれない。

「——もしもし？」

『若桜くん？』

受話器を持ち上げると、すぐに応《こた》えが返った。

「はい。あの……話って…巴川さんになにかあったんですか？」

少しだけ声が震えてしまったことに、藤田先生は気付いただろうか？

『いや、そうじゃなくて……』

言いよどんだ声。

心拍数《しんぱくすう》が上がったのが、自分でもわかった。藤田先生が何の話をしようとしているのか、わかった気がする。

『その……久也がきみに、取り返しの付かないようなことをしたんじゃないかと思いまして…』

「──巴川さんが…そう言ったんですか？」

やっぱり、と思いつつ口にしたおれの言葉に、諦《あきら》めたようなため息が返った。

『言ったわけじゃないですが……そうですか…。その、……申し訳ありません』

吐《は》き出された苦い謝罪。

おれは驚《おどろ》いて、息を飲んだ。なんで、…なんで、藤田先生が謝るんだろう？　罪は全部、おれのものなのに。

あの人がおれを口説くのは、あの人の本心じゃなく、あくまで病気のせいで、悪いのはそれを知っていて、あの人に応えたおれのほうなのに。

「──謝るのは、おれのほうです」

自分のものなのに酷く遠い声。

「おれは、巴川さんが病気だって、本心じゃないって知っていたのに」

『いや、違《ちが》う、きみが謝る必要はないんです』

迂闊《うかつ》だった、と自分を責めるように藤田先生は言った。

『──若桜くん』

ため息が滲《にじ》んだ声。

『久也のことは……いいんです』

苦いものを飲みこんだまま話す、不自然に重い言葉は、それでもおれを責めたりしなかった。

ただ、耐《た》えがたいことがあると、それだけが伝わってくる。

『ただ、きみのことは……。本当に申し訳なかった』

「何度も言うようですけど、巴川さんのせいじゃないんです。本当に……すみません」

『きみは…そう言うけれど……。――辛《つら》くなるのは、きみなんですよ』

言い聞かせるように、痛みを抱《かか》えているのは藤田先生なんじゃないだろうかと思うような、痛ましい声で言われて、おれは少しだけ笑ってしまった。

『若桜くん……？』

「いえ、すみません。それは……いいんです。わかっていたことだから」

後悔《こうかい》することも、辛い思いをすることも、承知だった。

承知で、選んだ。

おれの答えに藤田先生はなにも反論せず、ただもう一度すまないと謝罪して、電話を切った。

「……………っ」

力が抜《ぬ》けて、おれはそのままへたりと床《ゆか》に座りこんだ。

桜がなにごとかと問うように見上げてくる。おれは力なく桜の首を撫《な》でる。

――誰《だれ》かに思い切り謝ってしまいたいという、勝手な気持ちを藤田先生にぶつけてしまった。

そうして、望んでいたのだ。

許されることを……いや――むしろ、責められることを……。

信じられないくらい暗い。

自分ってこんなんだったっけ、と思ってついたため息は、酷く苦くて……。

窓の外の重苦しいような曇《くも》り空《ぞら》が、ますますおれの気を滅入《めい》らせるようだった。


巴川さんが入院するというその日は、朝から雨が降っていた。

桜はこの雨で全《すべ》て落ちてしまうだろう。

午後になって、おれは巴川さんと一緒《いっしょ》に病院へ向かった。本当はついてきちゃいけなかったのかもしれないけど——最後だから。

幸いというべきか、藤田先生には会わずに受け付けを済ませて、決められた病室に行くことができた。

全てが白で染められた部屋。

あの日、姉ちゃんの病室を訪ねた日のことを、否応《いやおう》無しに思い出させる。

ただし、今そこにいるのは姉ちゃんではなく、まだ普段着《ふだんぎ》のままの巴川さんだったけど。

「それじゃあ、おれ行くね。……頑張《がんば》って」

「ああ。——すぐに戻《もど》るから」

『戻る』

その言葉に頷《うなず》くことができずに、おれはただちょっとだけ微笑《ほほえ》んだ。

「匡平…」

巴川さんがおれを引き寄せる。

「ちょ、なにするんですかっ……」

「キスだけ」

触《ふ》れるだけのキスを目を閉じて受けとめる。

病室は個室で、ここには二人だけしかいない。最後のキスになると思ったら、逆らうことはできなかった。

「待っててくれるだろ？」

あの部屋で。

「——うん……待ってる」

震《ふる》えそうな語尾《ごび》をなんとか抑《おさ》えつけ、巴川さんを見つめる。

覚えておこうって思った。

きっと覚えておいたほうがいいって……。

そしておれは心の中でだけさよならを唱えて、病室をあとにした。

「ただいま、桜」

マンションへ戻ったおれは、尻尾《しっぽ》を振《ふ》ってじゃれついてくる桜を抱《だ》き上げて靴《くつ》を脱《ぬ》いだ。

まだ小さい肢体《したい》。

つぶらな瞳《ひとみ》に映る、確かな信頼《しんらい》に微笑が零《こぼ》れた。退院までは、ここで桜の面倒《めんどう》を見ることになっている。

「もうしばらくよろしくな……」

一週間後には、ここでの生活は全ておれから切り離《はな》される。

自分の部屋から今まで通り大学に通って——。

こいつにも、巴川さんにも会うことなく。

考えただけで胸が塞《ふさ》いだ。

一緒にいたのは、今日を入れてもたったの十六日間だけだったのに。ここでの生活はもうおれの中にすとんと落ちて、当たり前みたいに根付いてしまった。

でも……それももう終わり。

巴川さんは、待っていろとか、退院したら一緒に暮らそう、なんて夢みたいなことを言っていたけど、おれはそれを鵜呑《うの》みにはできなかった。

夢は夢でしかないし、人の夢は儚《はかな》いと昔から相場が決まってる。

けれど……。

辛さも悲しみも後悔も、全部承知だったのは本当。

それでも——別れは今までだって何度もおれの前を通りすぎたけど、慣れてしまうということはない。

ずっと。

この痛みに慣れる日なんて一生こないだろう。

ため息をついて、妙《みょう》に重く感じる体をソファに横たえた。

白い天井《てんじょう》を見上げながら、あの初めて会った日の真っ白な診察《しんさつ》室を思う。そして同時に、真っ白な病室で最後に見た巴川さんを。

あの人が失おうとしている——もう失っているかもしれない気持ちを、自分が抱きしめていることに、不思議な感慨《かんがい》を覚えた……。

会いたい。

会いたい。

二度と会えないかもしれない人。

その人の姿を脳裏《のうり》に描《えが》いて、こんなの自分らしくないと思いながら——泣いた。

そして退院の日がやってきた。

その日、どうやって一日を過ごそうか考えたおれは、とりあえず桜と一緒に散歩に出ることにした。

桜はいつもと時間帯の違《ちが》う散歩に少し戸惑《とまど》ったみたいだったけど、結局いつも通り楽しそうにしていた。

少し遠出して、弁当を食べに行った公園まで足を伸《の》ばしてみたりして……。

帰ってからは、朝食を食べて部屋の掃除《そうじ》。自分のいた部屋から始めて、リビングも。

桜は、途中《とちゅう》まではパタパタ尻尾を振ってついて回っていたけど、相手にされないと知るとケージの中で寝《ね》てしまった。

荷造りをして途中で昼食を食べ、キッチンとサニタリ、ベランダまで掃除し終わったところで時計を見たらもう三時を回っていてドキッとする。

予定通りならもう帰ってきてもおかしくない時間だったから。

胸の中に逡巡《しゅんじゅん》があった。

このまま、会わないままで出て行ってしまおうか。

そんな考えが揺《ゆ》れて……。

でも、おれは結局リビングのソファに落ち着いた。

ソファの横には着替《きが》えと、少しの資料と、教科書と、パソコン。

来たときより少し増えた荷物を見ていたら、荷造りの済んだこの部屋を見て巴川さんが怒《おこ》ってくれればいいのにと、思ってしまった。

「だめだな……」

そんなわけないと思いながら荷造りをしたのに……。

インタフォンのチャイムが鳴ったのは、なにか飲もうかとソファを立ったそのときだった。

「はい？」

『…若桜くん？』

受話器の向こうから聞こえたのは藤田先生の声。

それだけで、もうなんとなくわかってしまう。

それでも、なんとか返事をしてドアを開ける。足も、指も震えていた。

「──お帰りなさい」

ドアの向こうにいたのは、藤田先生と──巴川さん。

でも……。

ああ、と思った。

一目見ただけですぐにわかる。

「……世話になったね」

なにも言葉を発することのできないおれに、藤田先生が気遣《きづか》うように声をかけた。

「いえ…。別に、おれはなにも……」

そっと首を横に振る。

その人は、おれから視線を逸《そ》らしたまま、所在なく立ち尽《つ》くしていた。

「とりあえずあがってください……って、おれが言うのも変ですけど」

上手《うま》く笑えただろうか。

そう思ったけど、藤田先生の表情を見る限り上手く笑えてなかったみたいだ。

痛ましいものを見る目をしていた。

そして、藤田先生は中に入るようにと促《うなが》したおれの誘《さそ》いを断って、帰ってしまう。

気まずい気持ちのまま、巴川さんと二人、リビングのソファに座って対面する。

でも、巴川さんは——その人は、おれを見ようとはしなかった。

この人が入院前の気持ちを失っていることは、もう明白だ。

彼の目はおれを咎《とが》めてこそなかったけど、まるで悪い夢の中で出会った登場人物を見ているみたいに困惑《こんわく》に縁取《ふちど》られ、できることなら会いたくなかったと言っているようだった。

「——あの……退院、おめでとう…ございます…」

「……ありがとう」

耳に届く声も、もうあの人のものじゃない。

顔の表情がない分表情豊かだと思っていた声は、酷《ひど》く遠くて――。

なにか言ってやりたくて、でもなにを言っていいかわからなかった。自分でも情けないくらい胸が引き絞《しぼ》られて、鼻の奥がつんと痛む。

沈黙《ちんもく》に耐《た》えられずに口を開いたのはやっぱりおれのほうだった。

「やっぱり、こうなるんだ」

「……」

「覚悟《かくご》してたし…多分こうなるんだろうなってわかってましたけどね……」

「……すまなかったと思っている」

俯《うつむ》いたまま、おれを見ようとしない巴川さんに、頭のどこかが焼けたみたいになる。

「言い訳も、ないんだ…っ」

なに言ってるんだと、胸の奥で自分を責める声がした。

責める資格なんてないんだと、自分自身を責めたてる声。頭が痛い。視界が妙に狭《せま》いような感じもした。

「待ってろって言ったのに……っ」

自分の中の声を無視して吐《は》き出した言葉に、喉《のど》が詰《つ》まる。

こんな、恨《うら》み言《ごと》が言いたいわけじゃないのに。

でも、どうしていいかわからなかった。覚悟なんていくらしてたって足りないんだって思い知る。

失うってことは、いつだって想像するより遥かに辛い。失うんだって想像していたときとは比べものにならないくらい、どこもかしこも痛くて。今自分がこうして生きて、呼吸して、話していることが嘘《うそ》みたいだった。

どうしておれはばらばらにならないんだろう。

心はもう、とっくにちぎれてしまったのに。

「──帰ります」

そう言うのがやっとだった。

足元で尻尾《しっぽ》を振《ふ》る桜の頭を一度撫《な》でて、荷物を持って……あとは振り返ることもなく、マンションを出る。

歩いて、電車に乗って、乗り換《か》えをして、また電車に乗り、また歩いて。

アパートに着いて、荷物を置いた途端《とたん》。

急に。

恐《おそ》ろしいほどの速さで悲しみが胸に満ちて、おれはキッチンの前でうずくまって泣いた。涙《なみだ》がどこから来るのかと思うほど、次から次へとこぼれていく。

おれはやっぱりどこかで期待していたんだ。

期待していた。いや、信じていた。

そんなわけないと思いながら荷造りをしたのに、駄目《だめ》に決まっていると思う心のどこかで、巴川さんが巴川さんのままで戻《もど》ってきてくれることを。

『ただいま』と言ってくれることを。

信じていたんだ。

――――馬鹿《ばか》みたいだ。

失ってしまった。おれだけが恋心《こいごころ》をそのままに。

あの人を、おれは永遠に失ってしまったのだった……。

「若桜～」

学バスを降りてすぐ、聞きなれた声に呼ばれて振り返ると、クラスメイトの津山だった。

隣《となり》には三沢もいる。

「この間はメールありがとな。助かった」

――巴川さんが退院してからもう十日。

泣いても、傷付いても、絶望しても、毎日は同じ速さで過ぎていく。

でも、おれの心に残った傷は、少しも癒《い》えなかった。

時間がおれだけを取り残して、すぐ横を通り過ぎていくみたいに、いつまでも乾《かわ》くことなく傷が血を流している気がする。

それでもおれは、授業のある日は春休み前とまるで変わらず、一人暮らしの1Kアパートから通学していた。

そのほうが楽だったから。

同じことを同じように繰《く》り返して、何事もなかったように振《ふ》る舞《ま》うことで、おれもあの時間を夢にしてしまいたかったのだ。

巴川さんが、おれを夢の中の登場人物にしてしまったように。


水曜日の授業は、三、四限の二時間。

四限は四時まで。

あっという間に消化して、アパートへの道のりを辿《たど》る。

途中《とちゅう》のコンビニで買った弁当の入った袋《ふくろ》を提《さ》げたおれは、アパートの部屋の前の人影《ひとかげ》に眉《まゆ》を顰《ひそ》めた。

「若桜くん」

「——藤田先生」

当然だけど藤田先生とは、あの退院の日以来会っていない。

「……どうしたんですか？」

医者って、よくは知らないけど、忙《いそが》しい職業なんじゃないだろうか？　平日の夕方に、こんなところでぶらぶらしている暇《ひま》があるとも思えない。

「いらぬ節介っていうやつを、しようと思いましてね」

その面に浮《う》かべた複雑な微笑《びしょう》が、いつもの藤田先生らしくなくて、おれはただかぶりを振った。

「いらないってわかってんならしなきゃいいと思いますけど」

「残念ながら、そういうわけにもいかなくて。ほら、一応医者ですから、患者《かんじゃ》を最優先って感じです」

患者というのは、この場合一人しか考えられない。けれど……。

「患者って……IPSは治ったんじゃないんですか？」

「ええ、それはもう完全に」

あっさりと肯定《こうてい》されて混乱してしまう。

「じゃあ一体……」

「久也に会ってやってくれませんか？」

困惑も露《あら》わなおれに、藤田先生は相変わらずのにこにこ笑顔《えがお》でなんでもないことのように言った。

まさかそんなことを言われるとは思っていなくて、思考が一瞬《いっしゅん》停止した。

「──あの人は会いたがっていないと思いますけど？」

返す声が震《ふる》えてしまったのは、無理もないと思う。

なんでそんなことを言われるのかがわからなかったし、第一、会ってどうしろって言うんだろう？

「そうですか？」

藤田先生の問いにおれははっきりと頷《うなず》いた。

「そうです」

あの目。

あの日見た、巴川さんの目は、もうできるなら会いたくないと言っていた。なのに……。

「会いたいと思っていることに戸惑《とまど》っている、が正解だと思いますけどね」

思いもしない言葉に、おれは思わず眉を顰めた。

「どういうことですか？」

「きみに会いたいと思っていることを否定したいんですよ」

「……それは、おれを否定しているのと、どこか違《ちが》うんですか？」

「違わないかもしれません」

「なら——」

「けれど、会いたいと思っているのは間違いない」

間違いない？

なんでこの人はそんなことが言えるんだろう？

あの拒絶《きょぜつ》を孕《はら》んだ瞳《ひとみ》を、おれはこんなにも鮮明《せんめい》に覚えているっていうのに……。

「それに」

「…それに？」

「きみだって会いたいでしょう？」

おれはなにも言わずに、藤田先生を睨《にら》んだ。

「違いますか？　それとも、好きだと言ってくれない相手には興味ないですか？」

「──知らなかった。医者って、デリカシーがなくっても務まるんですね」

「デリカシーがなきゃ務まらない仕事があるなんて初耳です」

飄々《ひょうひょう》とした口調で、わざとらしく肩《かた》を竦《すく》めてみせる。

「……そんなに会いたきゃ自分でこいって言ってやってください。おれは会いたくないですけどね」

「どうしてですか？」

どうして？

そんなのは……。

「──あの人は『巴川さん』じゃないから」

そうだ。

あの人は……違う。

あの退院の日、おれを見たあの目も、声も、おれの知っている巴川さんのものじゃなかった。

思わぬ答えだったんだろう。藤田先生は意味を摑《つか》みかねるように、眉を顰めた。

「IPS患者はエスの働きが強くなっているって巴川さんが言っていたんです。それって、やっぱり人格も影響《えいきょう》を受けてるんじゃないですか？」

「それは……」

「先生、前に言いましたよね？　『病気ってすごい』って、『こんなに嬉《うれ》しそうにしているの初めて見た』って……。それはやっぱ、IPSだったときの巴川さんと、本来の巴川さんとは違うってことなんじゃないんですか？」

会いたい気持ちがないわけじゃない。

……本当は、会いたくてたまらない。

でも。

それは『巴川さん』に、だ。

子どもっぽくて、でも本当は大人で、優《やさ》しくて、犬が大好きで、料理が趣味《しゅみ》で、アウトドアも嫌《きら》いじゃなくって、お子様味覚で……。

おれを抱《だ》きしめて好きだと言った人。

あの日、おれを夢の中の住人にしてしまった人じゃない。

「うーん……」

「藤田先生？」

「――じゃあ訊《き》きますが、若桜くんは本来の――本当の自分ってどういうものだと思っているんですか？」

いつになく真剣《しんけん》な表情で、藤田先生が言った。

……本当の自分？

「昨日までできたことが今日はできなかった。そんなときに『こんなのは本当の自分じゃない』『本当の自分ならできるはず』なんて言う人がいますよね。でも、それは間違いだと僕は思う。できなかった自分も、別に自分以外の誰《だれ》かだったわけじゃありません。嘘《うそ》の自分なんて存在しない。よって本当の自分なんてものも存在しない。自分は自分であって、嘘も本当もない」

「……よく、わかりません」

言っていることが理解できないわけじゃない。

けど、鵜《う》呑《の》みにして納得《なっとく》することはできなかった。

そんなこと考えたこともなかったから。

「うん…。だったら、これはどうでしょう。家族といるときと、友達といるとき、初対面の人間の前に立ったとき、若桜くんは全く同じ態度ですか？」

おれは少しだけ躊躇《ちゅうちょ》して、首を横に振《ふ》った。

家族といるときも、友達といるときも同じ態度でいるわけじゃない。

というか、家族でも姉ちゃんといるときと義母《かあ》さんといるときじゃ違うし。

ましてや初対面の相手だったら、当然気を遣《つか》う。

「じゃあ、どの相手といるときが本当の自分ですか？」

「え？」

どの相手……？

「友達といるときですか？　家族といるときですか？　それとも……もっと違う誰かですか？」

脳裏《のうり》に何人もの人間と、それに応対する自分が浮《う》かんだ。

どうだろう……。

家族？

友人……？

それとも……。

答えあぐねたおれに、藤田先生は特に答えは必要ないというように言葉を続けた。

「もしも家族といるときだとしたら、友達といるときは本当の自分じゃないってことになるんでしょうか？　若桜くんは常に自分を偽《いつわ》って、友達に嘘をついているんですか？」

「それは……そんなことは……」

ない、と思う。

「別に嘘をついてるわけじゃ……ないっていうか……」

「でも、違う態度なんでしょう？　どちらかが本当なんじゃないんですか？」

確かに態度は違うけど、でも……。

偽ってるわけじゃなくって、どっちが嘘なんてことなくって――。

「若桜くん。僕は……人は誰だって、一つだけの顔で生きているわけじゃないと思っています。家族といるとき、友達といるとき、他人といるとき、恋人《こいびと》といるとき……と、いくつも顔を持っているのが普通《ふつう》です。もちろんその数には個人差があって、すごく多い人もいれば二つ、三つしかないって人もいますけどね。いくつも顔があって、でもそれは嘘とか本当とかいう矛盾《むじゅん》もなく存在している……どれも自分以外の何者でもない。そう思いませんか？」

ああそうかって思った。

家族に対しての自分。

友達に対しての自分。

――巴川さんに対しての自分。

本当の自分も、嘘の自分もない。

どれも、ただ自分自身だ。

嘘の自分なんていない以上は、これこそが本当の自分だなんて言及《げんきゅう》する必要もない。

さっきの藤田先生の言葉が、今度は納得できるような気がした。

おれがそのことを告げると、藤田先生は満足そうに頷《うなず》いて、僕なんかちょっと人より多いほうかな、と笑った。

「IPSだったとき、久也はきみに対しては、好きな相手に見せる顔をしていました。けれど、退院したときはほぼ初対面の顔だったといってもいい。ショックを受けるのも無理はないと思います。でも、偽者《にせもの》でも、別の人格でもなく、あいつが巴川久也なんです」

「好きな相手に見せる顔？」

それが、おれの知っている『巴川さん』の正体？

だったら……。

「──おれのことを巴川さんがもう一度好きになってくれたら、巴川さんは戻《もど》ってくる……？」

もう一度、おれの好きなあの人は……。

「全く同じというわけではないでしょうけど…その可能性はあります」

藤田先生は頷いた。

「それとも、自分を好きだって言ってくれる相手じゃなきゃ好きになれませんか？」

最初と同じ、少し意地の悪いその問いに、今度は首を横に振って答える。

だけど、そうやって首を振りながら、おれがしてたことって結局そういうことだったんだって思った。

好きだって言ってくれない巴川さんはおれの知ってる巴川さんじゃないって、思ってたってこと。

そう思うと顔から火が出そうなくらい恥《は》ずかしかった。

確かに、好きだって言ってくれたことにほだされたところもあるけど、巴川さんがおれにくれたのはそれだけじゃなかったのに。

忘れていた温かいもの。求めていた許し。優しさ。

巴川さんがそんなものを持っている人だってもう、おれは知ってたのに。

見せてくれなかっただけで、それをもう持っていないと決めつけた自分の浅慮《せんりょ》が情けなくもあった。

でも…………。

「なんでですか？」

「ん？」

「なんで、藤田先生はここまでしてくれんの？　巴川さんがホモになっちゃってもいいんですか？」

自分の従兄弟《いとこ》が同性愛に走ろうっていうのに、こんなふうに応援《おうえん》するのっておかしくないか？

「うーん……背に腹はかえられないって知ってます？　いや、痛し痒《いたかゆ》し…かな」

「……は？」

突然《とつぜん》出てきた諺《ことわざ》に、おれは首を傾《かし》げた。

そんなおれに藤田先生はいつもの笑顔《えがお》を浮かべると、

「あいつ、すごいシスコンなんですよね」

と宣《のたま》った。

「────────は？」

なんだって？

「うん、だから、あいつはシスコンなんです。シスターコンプレックス。自分のお姉さん──雛子《ひなこ》さんっていうんですが、大好きで、近親相姦《きんしんそうかん》ギリギリ崖《がけ》っぷち」

ギリギリ崖っぷちって……。

緊迫感《きんぱくかん》のない言い方に、冗談《じょうだん》かなと思わないでもなかったけど、藤田先生はその言葉を撤回《てっかい》しようとはしなかった。

「……マジですか？」

「厳然たる事実というやつです」

あいつの関係者で知らないやつはいない、とまで付け足された。

「で、でも、それとこれとは……。だってシスコンならいずれ普通に……女の人と結婚《けっこん》する可能性もあるんじゃないの？」と言い切ることはできなかった。

藤田先生の盛大なため息が、遮《さえぎ》ったからだ。

「甘いですね。それこそ、久也の雛子さんに対する想《おも》いっていうのは、IPSの刷り込み並みだったんですよ。御両親でさえ、このままじゃ、久也本人のみならず、雛子さんも結婚できないんじゃないかって本気で危《あや》ぶんでいたくらいなんですから」

そこまで言われても、おれはまだ半信半疑だった。

――巴川さんがシスコン？

全然そんなタイプには見えなかったけど……って、ちょっと待てよ。

そういえば、医大に進んだのは上のお姉さんだと言っていたよな。

『いいお姉さんですね』と言ったときの、巴川さんの照れを含《ふく》んだ返事が耳に甦《よみがえ》る。

まさか、そんな強い想いが隠《かく》れているとは思わなかったけど……。

それとも、あのときはIPSでお姉さんへの想いはチャラになってたのか？

なんて思い悩《なや》むおれに構わず、藤田先生はにっこりと笑った。

「そんなわけで、もともと普通の恋愛観《れんあい》じゃないんです。今更《いまさら》どうこう言ってもしょうがない。まっとうな道を外れて辛《つら》い思いをすることになるのはきみだけです。前にもそう言ったと思いましたけど？」

いや、確かに『辛くなるのはきみだ』って言ってたけど。

つーか、でも、それ、それってフッーそういう意味だなんて思わないだろう!?

現にあのときおれは、てっきり病気が治るまでの恋《こい》なんだからって意味だと……。

それに。

「そ、そうだよ、三上さん！　三上さんは――」

すっかり忘れていたけど、巴川さんには三上さんっていう立派な恋人が…。

「直子は恋人じゃありませんよ」

「う、そ、だって婚約《こんやく》秒読みって……」

「それは、そうですけど別に恋人じゃないんですって。あの子も従姉妹《いとこ》でしてね、せっかくだからこの機会に久也とまとめてしまおうって、叔父《おじ》さん――直子の両親が言い出したんですよ。病気の間にくっつけて、子どもの一人でも産ませようと思ったらしいですね。久也の父親もまぁ、息子《むすこ》が実の姉に執心《しゅうしん》してるっていうのを歓迎《かんげい》してたわけじゃないですから、反対はしなかったんです」

あんまりと言えばあんまりな話に、思わず絶句してしまった。

子どもの一人でもって、ブリーダーじゃあるまいし。

「まぁ、久也のうちはとにかく金がありますし。三上の家としては美味《おい》しかったんですよ。久也の逃亡《とうぼう》と、きみの出現で当てが外れたわけですが。……恋人って割には一度も見舞《みま》いにこないなんておかしいと思いませんでした？」

「それは……」

言われてみればその通りだ……。

三上さんにはあのあと一度も会っていない。マンションではもちろん、病院でも。

普通だったら見舞いにくるどころか、自分も一緒《いっしょ》に住むと言ってもおかしくないような状《じょう》況《きょう》だったのに、だ。

更《さら》に考えるならあの日、最初に会ったとき、巴川さんが一人で歩いていたのもおかしかった。発作《ほっさ》が起こったあと最初に見たものを好きになる、なんて状況で、恋人《こいびと》の傍《そば》を離《はな》れるなんてどう考えても変なんだ。

でも、巴川さんが意に染まない結婚（婚約？）を迫《せま》られていたなら、病室を抜《ぬ》け出したのにも納得《なっとく》できる。

それ以外にも、公園で、三上さんと来ないのかって訊《き》いたとき、わけがわからないって感じだったり、三上さんと巴川さんが似てたりしたのも……。

「三上さんは単なる従姉妹――だったからか」

「そんなわけです。それに…もう一つだけ白状すると、あの日、久也の病室の鍵《かぎ》を開けたの僕だったから、責任を感じてたんですよね。きみが久也とできちゃったって知ったときは本気で焦《あせ》りましたよ～」

「は？」

なんだって？

病室の鍵を開けた……？

「なんでそんなこと…」

おれの問いに、藤田先生はちょっとだけ照れたような表情で目を泳がせた。

「恋人に頼《たの》まれまして。……僕の恋人はなかなか弟思いなんですよ」

悪戯《いたずら》が見つかった子どものように舌を出して見せるが、はっきりいって可愛《かわい》くない。

いや、そんなことより、そこまで言われておれは、はっと気がついた。

「藤田先生の恋人って……ひょっとして」

「多分正解」

答えを聞かないまま、藤田先生は頷《うなず》いた。

「だからですね、今こうしてここにいるのは罪滅《つみほろ》ぼしの一種です。きみのおかげで久也に邪魔《じゃま》されるようなこともなくなりましたし。まぁ、恩人の背中をホモの道に向かって押すってのは、罪の上塗《うわぬ》りって気もしないでもないですが」

そういって、頬《ほお》をかくようなジェスチャをしてみせる。

「いえ……そんな、あの…さっきはすみませんでした」

いろいろと暴言を吐《は》いてしまったことに、ぺこりと頭を下げたおれに、藤田先生はいいんですよ、と手を振《ふ》った。

「久也はあの部屋にいます。仕事も再開せずにね。――理由は自分でもよくわかってないような感じではありますが」

「行ってみます」

一日置いたら、決心が揺《ゆ》らいでしまいそうで、おれは提げていたコンビニの袋《ふくろ》を藤田先生に押し付けて走り出した。

指先が覚えている暗証番号を押して、マンションのエントランスに入り、巴川さんの部屋のある三階まで階段を駆《か》け上がる。

ドアの前で呼吸と脈拍《みゃくはく》を整えようと深呼吸してみたものの、脈拍の方は落ち着くどころか忙《せわ》しなくなる一方だ。

そっと、インタフォンのボタンへ指を伸《の》ばす。

押そうかどうか躊躇《ちゅうちょ》する気持ちとは裏腹に、震《ふる》える指がかってにボタンを押しこんでしまってうろたえた。

『——はい？』

インタフォンの向こうから届く声に、飛び上がりそうになる。実際には、飛び上がるどころか、緊張《きんちょう》でがちがちだったけど。

「……っ」

どうしよう。

会ってくれるのだろうか？

会いたいと思っていると、藤田先生は言ったけど、それでもその言葉の真偽《しんぎ》のほどまではわからない。

でも、そんな不安は次の瞬間《しゅんかん》には吹《ふ》っ飛んでしまった。

「あ、あの」

躊躇《ためら》いがちにそう言っただけで、巴川さんが、

『匡平？』

とおれを呼んでくれたからだ。

「う、うん、あの」

『ちょっ、あっ、——ま、待て桜っ！』

インタフォンは豪快《ごうかい》な音とともに切られ、同時に室内からどたどたとなにかが近付いてくる
音がした。

ドアが、開く。

そして、そこから走り出てきたのは——。

「桜っ」

「わうっ」

飛びついた桜は、おれの足にしがみつくようにして、立ったまま激しく尻尾《しっぽ》を振る。

「うわ、お前、元気だったか？」

しゃがみこむと、すぐに顔を舐《な》められて、おれもお返しに桜の首のあたりを撫《な》でまわした。

「おれのこと覚えててくれたんだな…」

当たり前だというように、真っ黒な瞳《ひとみ》が覗《のぞ》き込んでくる。

「桜〜」

それが可愛くてぎゅうっと懐《ふところ》に抱《だ》き込むと、苦しかったのかじたばたと暴れた。

気が抜けたような、でも少しだけ苛立《いらだ》ちを含《ふく》んだような声がしたのはそのときだ。

「——とりあえず入ったらどうだ？」

「あ」

桜との感動の再会で頭のネジが飛んでいたおれは、はっと我に返った。

「どうぞ」

「あ、お…邪魔します」

気まずさを感じつつ、巴川さんが中から開けてくれているドアをくぐる。

桜が当然の権利のように室内に走り込んで行った。靴《くつ》を脱《ぬ》いで巴川さんのあとについてガラスのドアをくぐる。

そこまでは、同居していたときとは全く逆だったけど、リビングはここにいたときと全く変わってなかった。

「コーヒーでいいか？」

「……はい」

こんな会話をいつかしたなと、すかさずソファに飛び乗った桜を撫でながら、ぼんやりと思う。

けれど、巴川さんはそれ以上なにも訊かず、当たり前のようにブラックで、砂糖もミルクも添《そ》えずにおれの前にコーヒーを置いた。おれがブラックで飲むって知っているから。

当然だろう。記憶《きおく》がなくなったわけじゃない。

でも、嬉《うれ》しかった。

間を空けて隣《となり》に座った巴川さんを、少し体を捻《ひね》るようにしてまっすぐに見つめる。

「巴川さん」

「……なんだ？」

さっき、インタフォン越《ご》しにおれの名前を呼んだことなんて嘘《うそ》だったみたいな、そっけない口調。

少しだけ心が挫《くじ》けた。

でも、最初からいい結果を期待していたわけじゃないと、自分に言い聞かせる。

「今日、藤田先生がおれんとこに来たんです」

巴川さんはなにも言わない。

おれは、また少しめげた気持ちをコーヒーで補った。

「それで……おれ、いろいろわかったことがあって……。おれね、入院前までは、巴川さんをホモの道に引き摺《ず》りこんだのが申し訳ないっていう気持ちがあったんだ。だから、退院してきた巴川さんに責められても仕方ないって覚悟決めてた」

「それは…おれのほうが……」

うろたえたような声。

でも、おれははっきりそれを否定した。

「ううん、そうじゃない。おれが悪いんだってわかってる。でもさ、巴川さんおれを責めなかったよね。退院してきて、おれを詰《なじ》ったりしなかった。おれ、ほんとはそれだけでも感謝しなきゃいけないはずだったんだ。でも──おれは、おれの知ってる巴川さんはいなくなっちゃったんだって思ってすごいショックだった。自分でも酷《ひど》いと思う。巴川さんに悪いことしたなんて気持ち吹っ飛んじゃって、ただ、巴川さんがいなくなっちゃったってことのほうが、辛《つら》くって……」

「……」

いなくなったと、消えてしまったと思いこんで、辛くなって……。

「でも、藤田先生に言われて思ったんだ……今度はおれが頑張《がんば》る番だって」

「……？」

巴川さんはあいかわらずの無表情だったけど、戸惑《とまど》っているのがなんとなくわかった。

わかる自分が今は少しだけ誇《ほこ》らしい。

「おれが巴川さんなんて全然好きじゃなかったとき、巴川さんがうんと頑張って、おれを好きにさせたみたいに……今度はおれが頑張って巴川さんを振《ふ》り向かせてみせるから」

そして、おれを好きだと言ってくれた巴川さんを、この手で取り戻《もど》してみせる。

一気に言って、ついでにコーヒーも一気で飲み干して、おれはソファから立ち上がった。

「じゃ、今日はそれだけ。でも、またきますから」

「ちょ…っ」

踵《きびす》を返そうとしたおれの腕《うで》を巴川さんが摑《つか》んだ。

「嫌《いや》だって言ってもくるよ。少なくとも十六日間は、あんたにおれを拒否《きょひ》する権利、ないからな！」

おれは付き合ったんだから。

けれど、啖呵《たんか》を切るみたいな勢いで言ったおれに、巴川さんは頭を振った。

「そうじゃない」

「なに言ってんだよっ、あんたはおれに付き合わせといて自分は拒否しようなんて――」

「そういう意味じゃない。……おれの話も聞けと言いたかっただけだ」

「……話？」

思いがけない言葉に、おれはピタリと抵抗《ていこう》をやめて、促《うなが》されるままもう一度ソファに腰掛《こしか》けた。

なのに、話があると言った本人はなかなか口を開こうとしない。

「――話って…？」

やっぱり、先に沈黙《ちんもく》に耐《た》えきれなくなったのはおれのほうだった。

巴川さんは、おれの言葉に思いきったように、そっと口を開く。

「……退院してから…」

そこで巴川さんは、なにか覚悟を決めるみたいに一拍《いっぱく》おいた。おれも思わず息を止める。

「桜はずっと元気がなくて」

ガクリと肩《かた》の力が抜《ぬ》けた。

「……桜…？」

まさか桜の話題だとは思わなかった。

もちろん、おれだって桜は大切だけど、人が一世一代の告白をしたあとの話題としてはちょっと反則じゃないかと思う…。

でも、巴川さんは、おれのがっくりな様子には気付かずに、足元にうずくまっている桜を見たまま話し続けた。

「餌《えさ》もあまり食べなくなってしまって……一度獣医《じゅうい》に診《み》てもらった。消化器官になにか問題があるのかと思って…」

「――大丈夫《だいじょうぶ》だったんですか？」

今こうして見た感じじゃ元気っぽいけど。

巴川さんはコクリと頷《うなず》いた。

「特に問題はなかった。医者には神経性のものじゃないかと言われた。——電話しようかと思った。何度も」

目的語が抜けていたけど、それがおれであることは間違《まち》えようもない。

巴川さんが、やっとおれを見る。

「できなかった。——正直、自分の気持ちがわからなかった。……病院で、少しずつ病状が回復していくときはよかった。少しずつ好きになったことを忘れて、楽になったような気さえした。退院したときはもう、なにもなかったことにできるとさえ思った」

なにもなかったことにできる。

それは、おれがあの日の巴川さんから感じとったことで、あれ以来自分自身の中でも、ずっと願っていたことだった。

でも、やっぱり面と向かって言われるときつい。

やっぱりなっていう気持ちと、そんなこと言わなくったっていいじゃないかという気持ちで、ぎゅっと手を握《にぎ》り締《し》めた。

そんなおれに、巴川さんは少し困ったような声で言う。

「おれは、美人で、理知的で、物静かなのに芯《しん》は強いのが好みなんだ。アウトドアなんて似合わない、おれに手を上げることなんて絶対ない、休日は読書か音楽鑑賞《かんしょう》。そんなタイプが」

「——すみませんね」

それってお姉さんのことですか、って突《つ》っ込んでやろうかと思った。

どうせおれは、美人じゃないし、我《わ》が儘《まま》だし、うるさいし、アウトドア嫌《きら》いじゃないし、すぐ手が出るよ。

もうなんか、悲しいを通り越《こ》して腹が立ってきた。

なのに、恨《うら》みがましい瞳《ひとみ》を向けたおれを、巴川さんは思いもよらぬ優《やさ》しい瞳で見つめ返してくる。

だからおれはそれ以上の憎《にく》まれ口を飲みこんで、巴川さんの言葉を待った。

「だから、しばらくは信じられなかった。お前はおれの好きな人とは全然違《ちが》うタイプだったし、IPSになっていなかったら、なんの接点も持たないまま……接点があっても見逃《みのが》してしまうはずの相手だったんだ」

それは……。

「——おれも、そうだったと思う」

こんな……IPSっていう強引《ごういん》な理由がなかったら、おれと巴川さんはたとえあの場に居合わせたとしても、口をきくことも……視線を合わせることすらもなく、すれ違《ちが》ってしまうはずだった。

おれはロマンティストじゃないから、それでもおれはいつか巴川さんに出会って恋《こい》をしただろう、なんて思わない。

チャンスはあのとき一度きりだった。

巴川さんがＩＰＳじゃなかったら。姉ちゃんが入院していなかったら。春じゃなかったら。桜を見に行かなかったら。

あのとき以外だったら――きっとすれ違うことさえない、二人だった。

奇跡《きせき》みたいな偶然《ぐうぜん》。

でも、だからこそこうして好きになれたことを大事にしたいって思えるんじゃないだろうか。人と出会うっていうのは、そんな奇跡の一瞬《いっしゅん》を手に入れるってことだから。

「なのに……すれ違うはずだったお前に出会ったことを、やっとチャラにしたと思ったのに、ここに帰ってきて、お前の顔を見たときからおれはまたおかしくなった。一緒《いっしょ》に過ごした時間のことばかり考えて、なにもかも手に付かなかった。すぐに復帰するはずだった仕事も、料理も、桜の世話さえ……」

「え……？」

続いた言葉はあまりに思いがけないもので、おれは驚《おどろ》いて巴川さんを凝視《ぎょうし》した。

けど巴川さんは、そんなおれの視線をすんなりと受けとめて、話し続ける。

「おれはまだ自分が治ってなかったんだと思って、健人を責めた。治ってないじゃないかってな。でも、健人はＩＰＳのせいじゃないって言う。間違いなく治っていると。――おれはそれでも信じられなくて、これは後遺症《こういしょう》のようなものかもしれないと思った。健人は治ったと言ったけど、実際まだまだ症例《しょうれい》の少ない病気だし、わかっていないことも多い。だから、健人の言葉も完全に信じられるものじゃないと……。けど、この部屋で、IPSのおれと生活してくれたお前を思い出すと、もうだめだった。毎日毎日お前のことを考えていた。楽しかったことしか思い出せなかった。それで——どうしてお前がここにいないのかって……そう考えていたんだ」

「なに、言って……？」

もう、なにがなんだかわからなかった。

巴川さんがこんなに喋《しゃべ》ったことにもびっくりしたし、その内容は信じろというのが無理なくらい自分にとってあまりに都合のいいものだったから。

毎日おれのことを考えて？　楽しかったことを思い出して……？

巴川さんが？……信じられなかった。

「あんた……なに、言ってんの…？」

「おれが言っているのは…つまり」

巴川さんの手が伸《の》びて、おれの握り締めた手に触《ふ》れる。

たったそれだけで、おれの拳《こぶし》はするりと解かれて、抱《だ》きしめようと引き寄せられることにも抗《あらが》えなかった。

「もう一度、傍《そば》にいてほしい」

「っ……！」

囁《ささや》くような声。

背中に回ったほうの腕《うで》が熱くて、頭がくらくらした。

——ああ、でもこれは泣いているせいかもしれない。

なにかが切れてしまったみたいに、涙《なみだ》が止まらない。息が苦しい。

でも、酸素を求める胸のその中は、熱と涙をぎゅっと凝縮《ぎょうしゅく》したような温かいもので満たされていた。

「これからずっと——もっと——傍にいてくれないか？」

そうすれば今はまだはっきりとはわからないこの気持ちが、きっと恋だとわかるようになるから……。

「匡平……」

遠慮《えんりょ》がちに呼ばれる名前。

「返事は？」

答えを強請《ねだ》るその声に、おれは頷くのが精一杯《せいいっぱい》だった。

喉《のど》が引き攣《つ》ったみたいに鳴って、子どもみたいに泣き出してしまったから。

なだめるように背中を撫《な》でてくれる手が優しくて、余計に涙が止まらなくなる。

嘘《うそ》みたいだと思う。

こんな風に、受け入れてもらえるなんて思わなかった。十六日間は拒《こば》む権利はないなんていったけど、その十六日が終わっても、巴川さんがおれを好きになる目算なんてなかったのに。

可能性を、巴川さんのほうから示してくれたことが、嬉《うれ》しくてたまらなかった。

「匡平」

困ったような声で名前を呼ばれて、顔を上げると巴川さんの指がそっと涙を拭《ぬぐ》ってくれる。

その手がそのまま頬《ほお》を包み込む。

「……キスしてもいいか？」

問いかけにおれは答えず、そのまま自分からその唇《くちびる》にキスをした。

こんな風に自分からキスをしたのは初めてだと思う。おれはいつも、巴川さんからのキスを受け取るばかりで自分からは動いたりしなかったから。

巴川さんは少し驚いたみたいに一瞬《いっしゅん》顎《あご》を引いたけど、そのまま ぐいと抱き寄せられて、もう一度唇が重なる。

あの日病院で、最後だと思ったキスを思い出した。

そして、あのとき強い気持ちで、覚えておこうと思った巴川さんを……。

どこか迷うように触れるだけで深くならないキスに焦《じ》れ、おれは巴川さんにしがみつくようにして、ぐっと強く唇を押し付けた。

触れたところから気持ちが伝染《でんせん》すればいいと思う。

巴川さんがもっと、ちゃんと、おれを好きになってくれればいい。

「……ん…っ」

おれのそんな気持ちが伝わったみたいに、キスは少しずつ深くなった。

「巴川さん……」

唇が離《はな》れると、おれは縋《すが》るようにシャツの胸元《むなもと》を握《にぎ》り締《し》める。

「ベッドに、行きませんか……？」

巴川さんが戸惑《とまど》ったような顔で、おれを見下ろした。その表情に、やっぱり、だめなんだろうかと不安になる。

だけど。

「いいのか？」

「え？」

巴川さんの言葉に、おれは目を瞬《しばた》く。

それは、どっちかっていったらおれの台詞《せりふ》だと思ったから。

けれど。

「おれは……まだはっきりと好きだと言ってやれないのに…」

その言葉に、迷ったのは一瞬だった。

「いい。……巴川さんが嫌《いや》じゃないなら、だけど」

おれは男で、IPSでなくなった巴川さんが、そのことに抵抗《ていこう》があるというなら、どうしようもないんだろうと思う。

だけど、だからこそ巴川さんが嫌じゃないなら、抱いて欲しかった。

抱き合えるかどうかっていうのが、きっと、おれと巴川さんにとっては一番の問題点だと思うから。

「だめ、ですか？」

「いや……」

巴川さんは目を逸《そ》らしたままそう言い、けれど、覚悟《かくご》を決めたように頷《うなず》いてくれた。

快諾《かいだく》ではなかったかもしれないけど、拒まれなかったことにほっとする。

二人で巴川さんの寝室《しんしつ》へ移動して、ベッドに並んで座る。

なんか、どうしていいかわからなくて、とりあえず自分のパーカーを脱《ぬ》いだ。

「あの、と、巴川さんも脱いでもらっていいですか？」

「……ああ」

こくりと頷いてくれたことにほっとする。

前回のことを覚えてないわけじゃなくて、覚えているからこそ、どうしていいかわからない。

あのときは巴川さんが動いてくれたけど、今回はおれがして欲しいんだから、おれが積極的に動くべきなんじゃないかと思うし。

けれど、そう思ったからってさくさく動けるほど経験値はない。

迷いながらTシャツを脱いでいたら、巴川さんの手がおれの肩《かた》をぐいと引き寄せた。

「え…っ」

驚《おどろ》いて目を瞠《みは》っているうちに、そのままキスされて、ますますびっくりしてしまう。

「と、巴川さん……っ？」

「なんだ？」

「その……無理しなくていいですから」

そう口にしたおれに、巴川さんがわずかに驚いたような顔をした。

それから、小さく息をつく。ため息をつかれたことに、おれはびくりと肩を揺《ゆ》らした。けれど……。

「――無理なんてしてない」

「え？」

巴川さんの口から出たのは、思いがけない言葉だった。

「自分のしていることが卑怯《ひきょう》なことだとは思っているけどな」

戸惑っていると思ったのは、そんな風に考えていたせいだったのかと思う。

「そんなことない」

おれはかぶりを振《ふ》って、巴川さんに抱《だ》きついた。

勢い余って、そのまま巴川さんを押し倒《たお》したような形になったけれど、そのままもう一度そんなことない、と口にする。

「おれは、嬉しいよ」

「……」

「巴川さんが、無理してないって言ってくれたのも、嬉しかった」

そう言って、おれは巴川さんの唇にキスを落とす。

「……巴川さんに触《さわ》ってもいい?」

「匡平?」

驚いたような声を出した巴川さんに、思わず笑ってしまう。別におれが巴川さんを抱こう、って思ったわけじゃない。

「その……この前は、結局させてもらえなかったから」

なにを、とはさすがに口に出せなかったけど、巴川さんはそれでわかったみたいだった。

「無理しなくていい」

「おれも無理なんてしてないよ」

さっきと逆に、今度はおれがその言葉を口にする。

無理をしているつもりはこれっぽっちもなかった。

ただ、巴川さんに触《ふ》れたいって思ったから、そう言っただけだ。もちろん、うまくできる自信なんてないけど……。

「……わかった」

巴川さんは迷ったみたいだけど、結局頷いてくれた。

おれはそれに背中を押された気持ちで、巴川さんのベルトを外す。

ズボンを脱がすのに協力してもらいつつ、今まで考えたことなかったけど、服を脱がすのって自分がすごく欲しがっているみたいで恥《は》ずかしいと思った。けど、みたい、じゃなくて自分が巴川さんを欲しがっているのは事実なんだよな。そう思ったら、なんか開き直ったような気分になった。

手の中にある巴川さんのものを、じっと見つめる。

この前自分の中に入ってきたもののはずだけど、こんな風にちゃんと見るのは初めてだった。

巴川さんが、居心地《いごこち》悪そうに身じろぐ。

「あ、ご、ごめん」

「いや……」

そりゃ、こんなとこじっと見られたら気まずいよな。

おれは思い切って、まだ柔《やわ》らかいそれに唇《くちびる》を押し付けた。それから口を開いて、口腔《こうこう》に先端《せんたん》部分を含《ふく》む。

嫌悪《けんお》感はなかった。けど、どうしたらいいのかやっぱりわからなくて戸惑う。正直、前に巴川さんにしてもらったのが初めてだったし……。

「ん……っ」

そのときのことを思い出しつつ、必死で舌を動かす。

ちょっとでも、巴川さんが気持ちよくなってくれるようにと祈《いの》りながら。

「は……ふ、……ん……んっ」

少しずつ大きくなり始めたものに、開いたままの顎《あご》がだるくなってくる。

「匡平……」

名前を呼ばれ、同時に頭を軽く撫《な》でられて、おれは視線を上げた。

巴川さんの表情のない顔がわずかに上気しているのが見えて、ほっとする。

ちゃんと、気持ちよくなってくれてるんだ……。

よかった。ＩＰＳじゃなくなっても──男のおれでも、受け入れてもらえた気がして、おれは疲《つか》れて痺《しび》れたようになってきた舌を必死で動かす。

けれど。

「もういい」

巴川さんの言葉に驚いて顔を上げると、そのまま口内にあったものを抜《ぬ》かれてしまう。

「…っ…なんで」

ぐっと巴川さんの膝《ひざ》の上に抱き寄せられ、口を拭《ぬぐ》われる。

「気持ちよく、なかった……？」

やっぱり無理だと思われた？

心臓が嫌な感じに鳴って、おれは巴川さんの顔をただ見つめる。

「いや……」

「じゃあ、なんで」

「――おれが匡平に触りたくなったんだ」

返ってきたのは思いもかけない言葉だった。

巴川さんが、おれに？

「でも、だって……」

「やっぱりだめか？」

少し困った声。

おれはくしゃりと顔を歪《ゆが》めて、かぶりを振った。

「そんな、そんなわけ、ない。おれは」

目の奥が熱くなって、おれはぎゅっと目を閉じる。

こんなことを言って大丈夫《だいじょうぶ》だろうか？

おれは急ぎ過ぎてないか？

そんな疑問が湧《わ》きあがったけれど、口を突《つ》いて出ようとする言葉を抑《おさ》えきれなくて……。

「おれは、巴川さんがいいなら、最後までして欲しい……っ」

恥ずかしくて巴川さんを見ることができないまま、おれは小さな声でそう言った。

その途端《とたん》、巴川さんが息を呑《の》んだのがわかって、ぎゅっと奥歯を噛《か》み締《し》める。やっぱり、引かれたんだと、そう思って。

なのに――――。

ふ、っと額に優しい感触《かんしょく》がして、おれはぱちりと目を開けた。

思った以上に巴川さんの顔が近くにあって驚く。それと同時に、額に触れたのが巴川さんの唇だと気付いた。

「本当にいいのか？」

「っ……いいって言ってるだろ。何度も言わせるなよ…っ」

おれだって、恥ずかしいのを我慢《がまん》して言ってるんだから。

そんな気持ちを汲《く》むように、巴川さんはそれ以上何もいわずにそっとキスをした。

ジーンズと下着が脱《ぬ》がされるのを、腰《こし》を浮《う》かせて手伝う。

それから巴川さんがベッドヘッドへと腕《うで》を伸《の》ばした。

「それ……」

あの日、コンビニで買ったクリーム。

おれの視線に気付いて巴川さんは少しバツが悪そうに目を逸《そ》らしてしまったけれど、捨ててなかったんだと思ったら、恥ずかしいような嬉《うれ》しいような気持ちになった。

けど、いいのかな。このまま任せちゃって……。

触りたいとは言ってくれたけど、そんなところに触れられて、おれが男だってことを意識されるのはやっぱりちょっと怖《こわ》い。

「あの、おれ自分で……」

「いいから、触らせろ」

でも、巴川さんはそう言うとさっさとチューブの蓋《ふた》を外して、手のひらにクリームを搾《しぼ》り出した。

「あ……っ……」

巴川さんの手が尻《しり》に触れて、びくりと体が震《ふる》える。

クリームのついた指が狭間《はざま》をゆっくりとほぐしていく。指が中に入ってきそうになるたびに、怖いようなもどかしいような気持ちになって、そこがひくひくと震えるのがわかった。

やがて巴川さんの指がゆっくりと中に入ってくると、おれはぎゅっとその指を締め付けてしまう。

「嫌《いや》か？」

「ち、ちが……」

おれはふるふるとかぶりを振《ふ》った。けど、巴川さんの指はあっさり抜かれてしまい、おれは唇を噛む。

それから思い切って巴川さんの首に腕を回して抱《だ》きついた。

「気持ちよくて、それで……」

だから締め付けてしまうのだとさすがに口に出せなくて言いよどむ。

「も、なんでわかってくれないんですか？」

思わず恨《うら》みがましい声になったのもしょうがないだろう。

「おれは、巴川さんが触《さわ》ってくれたら全部気持ちいいんですよ……っ」

どこに触れられても、馬鹿《ばか》みたいに感じてしまう。そんな恥ずかしいことを告白させられて、おれは顔から火が出そうだった。

「匡平……」

驚《おどろ》いたような声に、ますます頬《ほお》が火照《ほて》って、おれは絶対に顔を見られないようにと抱きついた腕に力を込める。

巴川さんはおれの顔を覗《のぞ》き込もうとしたのか、おれの肩《かた》を軽く引いたけど、首筋にかじりついたまま断固として離《はな》さなかった。

「そんな可愛《かわい》いことばかり言うな――我慢できなくなる」

「しなくていいって言ってるだろ」

羞恥《しゅうち》にかすれた声でそう言うと、巴川さんは頷《うなず》いて、再び指が中へと差し入れられる。

今度はおれが締め付けてしまっても、構わず中をかき混ぜられた。

「んっ……ん……っ」

性急に指を増やされると、逆に安心する。巴川さんが欲しがってくれているんだって、そう思えた。

「少し、腰を上げられるか？」

促《うなが》されて、震える膝に力を込める。

「……入れるぞ」

「ん……い、れて」

こくりと頷いた途端、巴川さんのものがぐっと中に入り込んできた。

「あぁ……！」

膝から力が抜けて、自重でますます奥へと巴川さんを受け入れてしまう。

「あ……ぁ……」

痛いとか苦しいとか、そういうのを全部超《こ》えたところに快感があって、おれはただ震えることしかできない。

さっきまでぎゅっとしがみついていた腕にもうまく力が入らなくて、後ろに倒《たお》れそうになる体を巴川さんの腕が支えてくれた。

途端に、さっきまで見えなかった巴川さんの顔が視界に入る。

この人のものが自分の中にあるんだと思ったら、それだけで胸がいっぱいになった。巴川さんは自分を卑怯《ひきよう》だといったけれど、おれにはやっぱり嬉しいばかりで……。

「好き……です」

視界に入った巴川さんの目が、わずかに瞠《みは》られるのが見える。

「好き」

巴川さんがおれを好きになってくれてよかった。

今はもう——今はまだ、巴川さんがおれを好きじゃなくても。

「巴川さんが、好き」

繋《つな》がったところから気持ちが伝染《でんせん》すればいいのに……。

「匡平……っ」

「あ、んっ、あぁっ……！」

そのまま片膝《かたひざ》を持ち上げられて、がくがくと体を揺《ゆ》さぶられる。

深くまで入り込んだものが容赦《ようしゃ》なく中をかき回して、強い快感に絶えず高い声がこぼれてしまう。

このままずっと抱き合っていられたらいいのにと、そう思いながらおれは与《あた》えられる快感に身をゆだねた……。

目を覚ましたおれは、自分が『目を覚ました』ことにとりあえず驚いた。

寝《ね》てしまった自覚がなかったからだ。

一瞬《いっしゅん》、自分の置かれた状況《じょうきょう》がわからなくて混乱したものの、記憶《きおく》をたどるうちに、あのあとそのまま疲《つか》れて眠《ねむ》ってしまったらしいと気付く。

情けない……と思いつつ起き上がると、おれはまだ裸《はだか》だった。

とはいえ体はきれいになっていて、おそらくおれが寝ちゃったあと巴川さんがきれいにしてくれたんだろう。そう思うとさらに情けない気持ちになる。

巴川さんの姿が室内になかったことも少しショックだ。

ベッドから下りてリビングへ行くと、巴川さんがキッチンに立っているのが見えた。足元で桜がパタパタと尻尾《しっぽ》を振っている。

時計を見ると、もう正午に近くて思わず目を疑った。

ここのところあんまりよく眠れてなかったし、抱きあって疲れたせいだとは思うけど……。

やっぱり迷惑《めいわく》かけちゃったよなぁ、と少し落ちこんだ。

好きになってもらえるように頑張《がんば》る、って言った舌の根も乾《かわ》かないうちに、面倒《めんどう》かけるなんて、自分で自分にがっくりだよ。

なんておれがこっそり落ちこんでいると、テーブルに皿を載《の》せようとした巴川さんが、おれに気がついて、起きたのか、と言った。

声が優《やさ》しかったのがせめてもの救いだろう。

「ごめんなさい……迷惑かけて」

しおしおと謝ると、巴川さんは戸惑《とまど》うように瞬《しばた》いてから、軽く首を振って椅子《いす》を勧《すす》めてくれた。

目の前に置かれたコーヒーにお礼を言って、巴川さんが椅子に座るのを待って口をつける。

静かな食卓《しょくたく》。

入院前とどこも変わらないみたいな絵だけど、でも、お互《たが》いちょっと緊張《きんちょう》してるのがわかった。

これって、初対面の相手と二人になったときの空気だ。

昨日は、おれも巴川さんも多分に感情的だったから、そんなの考えてられなかったけど、今ははっきりと感じた。

おれと巴川さんは初対面同然で、昨夜抱き合ったとはいえこれから全部、スタートなんだって。

もちろんお互いの知識はしっかりあるんだし、人となりはわかってるんだから、本当の初対面とは違《ちが》うんだけど。

なんていうのかな、ずっとメル友だった相手に会ったときってこんなカンジなのかもしれない。

知ってるけど知らないみたいな不思議な距離感《きょりかん》。

でも全然不安じゃない。不快でももちろんない。それは、ここからって決めてるからかもしれない。

ここからが始まりって、決めてるから。

それに、巴川さんは嫌がらずにおれを最後まで抱いてくれた。

これって、フツーに考えたら脈ありってことだよな？　少なくとも、男だから無理っていうハードルは越《こ》えたっていうか……。

そう思ったら、やる気が湧《わ》いた。

「あの」

「体は」

計ったみたいに同時に口を開いてしまって顔を見合わせる。

「——巴川さんからどうぞ」

ちょっと笑《え》みが零《こぼ》れた。

こんな風に遠慮《えんりょ》しあって、でも、おれたちはお互いの温度まで知っているんだっていうのが変な感じだ。

「その……体は、大丈夫《だいじょうぶ》か？」

言い難《にく》そうに巴川さんが口にした言葉に、おれは顔が熱くなる。

「は、はい」

気遣《きづか》う言葉は嬉《うれ》しいけど、それと同じくらい恥《は》ずかしかった。まぁ、こんな時間まで寝てればば多少は心配になるよな……。

巴川さんはそうかと頷いて、それからもう一度口を開いた。

「……実は、明日から仕事に復帰しようと思っているんだ」

「はぁ」

もう病気は治ったんだし、当然といえば当然だろう。

でも、当然のことを言うにしては、巴川さんの声は硬《かた》い。

その理由は、すぐにわかった。

「それで――これを」

「これ……？」

おれはぱちりと瞬《しばたた》き、首を傾《かし》げる。

巴川さんがテーブルの上に置いたのは、鍵《かぎ》だった。キーホルダーもなにもついてない、銀色の鍵。

「その……桜のことをみてくれないか？　仕事に出ると帰宅が不規則になるから……」

照れたような口調。

「えっ」

それって、つまり……。

「じゃ、あの、おれ――これもらってもいいんですか？」

「ああ。勝手に入って構わない。だいたい、十六日間は拒否権《きよひ》がないんだろう？」

笑いを滲《にじ》ませた声に、ほっとする。

どうしよう……すごく嬉しい。

「なんだったら、お前が強制力を発動して同居に持ちこむって手もあるが」

全くの冗談《じようだん》というわけでもない調子で言ってくれるのが嬉しかったけど、おれはそれには首を横に振《ふ》った。

「――おれね、巴川さんのことすっげー好きです」

巴川さんが驚《おどろ》いたみたいにぱっと顔を上げておれを見た。

「昨日、巴川さん『今はまだはっきりわからない気持ち』って言ったよね」

覚えてる？　と訊《き》くと、巴川さんはああ、と頷《うなず》く。

「だから、それがはっきりするまでは、同居したいなんて言わない」

最初の日の未遂《みすい》事件を除けば、巴川さんがちっとも急がなかったことが、おれはすごく嬉しかったから。

少しずつ、この人にしてあげられることを頑張っていこうって決めている。

好きになってもらえるように。

そして、押し付けでも義務でも習慣でもない、優しさと好意をちょっとずつでも返せるように……。

それにね、とおれは少しもったいつけるように言って巴川さんの視線を捉《とら》える。

「巴川さんのほうから『同居してくれ』って言わせるくらいおれに溺《おぼ》れさせる予定だし」

言い切って、笑って見せる。

すると巴川さんは、少しだけ沈黙《ちんもく》して、そして。

「はっきりしている、と言ったら？」

「え？」

おれは、きょとんとして巴川さんを見つめた。

「昨日の今日でと思うかもしれないが……」

気まずそうな声で言う巴川さんに、おれは何が起こったのかわからずただぽかんとしてしまう。

はっきりしている？

昨日の今日で？

「わからないか？」――それって。

「…………」

巴川さんはがたりと音を立てて立ち上がり、固まったままのおれの手に触《ふ》れる。

「匡平に溺れたって言ってるんだ」

「……嘘《うそ》」

思わずこぼれたのは、そんな言葉だった。

「嘘じゃない」

すかさずそう言ってくれた巴川さんの顔を呆然《ぼうぜん》と見つめる。

「だって、昨日は好きじゃないって言った」

「はっきりしないといっただけだ。それに、傍《そば》にいて欲しいとも言っただろ」

「でも――」

「こんなさっさと心変わりされるのは嫌《いや》か？」

困ったような声でそう訊かれて、おれはようやく巴川さんが本当にそう思っているのだとわかった。

途端《とたん》、心臓が痛いくらいの勢いで動き出す。

摑《つか》まれたままの手がじんとして、そこから体中に痺《しび》れが広がっていくみたいだった。

「嫌なわけ、ない」

おれは巴川さんから視線を離《はな》さずに、小さくかぶりを振る。

声は泣くのを我慢《がまん》しているときみたいに震《ふる》えていた。

「でも、ほんとに……？」

信じられなくて、巴川さんの顔をじっと見つめる。

「本当だ……お前、昨日自分が何回殺し文句言ったかわかってないのか？」

殺し文句？

そんなものを口にした記憶《きおく》がなくて、おれは首をかしげる。

「……わかってないんだな」

巴川さんはおれの態度に呆《あき》れた声でそう言うとため息をつき、唇《くちびる》が触れそうなほど近くに顔を寄せた。

「おれに抱《だ》かれてる匡平が可愛《かわい》かったからだ――って言うと、なんか誤解を招きそうだな」

「っ……!?」

だ、抱かれてる、って……。

昨夜したことが脳裏《のうり》をすごい勢いで過《よ》ぎって、おれは顔が熱くなった。

なんか、結局たいしたことはできなかった気がするんだけど……。あんなんで？

「好きになった理由が、それじゃだめか？」

問いにおれは少し考えてかぶりを振った。

どんな理由でも、巴川さんがおれを好きになってくれたというならそれで構わない。

「なら、キスしてもいいか？」

こくりと頷くと、すぐに唇が重なった。

触れるだけのキスだったけど、指先と同じように唇がじんとする。

「一緒《いっしょ》に暮らしてくれるか？」

「――――うん」

こくりと頷くと、おれは自分から巴川さんの唇にキスをした。

巴川さんは目を細めて、ほんのちょっとだけ口角を上げる。

それは、おれが初めて見た――巴川さんの笑顔《えがお》だった……。

あとがき

はじめまして、こんにちは。天野かづきです。この本をお手に取ってくださって、ありがとうございます。

暑くなったり寒くなったり、落ち着かないお天気ですが、皆様《みなさま》お元気でしょうか？　わたしは梅雨《つゆ》だというのに乾燥機《かんそうき》が壊《こわ》れて凹《へこ》んでいます。他のことに関しては家からほとんど出ないので、雨が降ってようがやんでようがあまり関係ないのですが、洗濯《せんたく》物だけはなぁ……。晴れ間が恋《こい》しいです。とかいいつつ、埼玉《さいたま》の夏は過酷《かこく》なので、夏にはまだ来て欲しくないような、複雑な気持ちだったりします。

さて、今回はちょっと変わった設定で、「インプリンティングシンドローム（ＩＰＳ）」という架空《かくう》の病気が出てきます。ＩＰＳは一言で言うなら一目惚《ひとめぼ》れ病。受の匡平は、ＩＰＳ患者《かんじゃ》である攻《せめ》の巴川に一目惚れされて、病気が治るまで一緒《いっしょ》に生活することになってしまいます。けれど、自分を好きだという男との同居にはいろいろと問題があって……というお話です。

実はこれ、わたしが新人賞に投稿《とうこう》した作品だったりします。このお話でありがたくも賞をいただいて、デビューすることになったのでとても思い出深く大切な作品――なのですが。なんといっても書いたのが六年ほど前なので、直すのは半端《はんぱ》なく大変でした。何度も何度も遠い目になったり、恥《は》ずかしさにのた打ち回ったりしながらの作業で……。でもやっぱり、とっても思い入れのある作品ですから、一生懸命《いっしょうけんめい》加筆修正しました！　デビュー前の精一杯《せいいっぱい》と、現在の精一杯をぎゅっと詰《つ》めた作品に仕上がっていると思います。……多分。あわわ。

でも、何年経《た》っても変わってないなぁという部分もありました。受の手が早い（暴力的な意味で）ところとか、一人でぐるぐるしているところとか。

しかし何より変わっていなかったのは、わたしがタイトルを考えるのが苦手だということではないでしょうか……。

今回の「恋愛依存症の彼」も、担当さんが考えてくださったタイトルだったりします。わたしが投稿したときはそのまま「インプリンティングシンドローム」でした。当時「ＩＰＳ」で出そうかとか本気で思ったのですが、周囲に止められて片仮名にしたという経緯《けいい》もあります。

そんなわけで今回、本当に自分はタイトル苦手なんだなぁって、変な方向にしみじみしてしまいました。素敵《すてき》なタイトルを考えていただいて本当によかったです。いつか、自分でバシッと素敵なタイトルを考えられるようになれるといいのですが……。そんな日はまだまだ来なそうです。

さて、前回と同じではありますが少しだけお知らせをさせていただきます。

今回の本は、三ヶ月連続刊行の三冊目となっています。今までの二冊と合わせたラインナップは次の通りです。

二〇〇八年六月一日発売『ロマンティッククルーズで恋をしよう!』(イラスト/東野裕先生)

二〇〇八年七月一日発売『主従契約《けいやく》を結ぼう!2』(原作&イラスト/こうじま奈月先生)

二〇〇八年八月一日発売『恋愛依存症の彼』(イラスト/陸裕千景子先生)

応募者《おうぼ》全員サービス(締切《しめきり》は二〇〇八年九月三十日です)は、クリアしおりセットとなっています。ぜひ、合わせてよろしくお願いいたします。

それにしても、こうして無事に三冊目が刊行できて、本当にほっとしています。連続刊行にあたり担当の相澤さんには、タイトルの件も合わせて、いつものごとく大っ変お世話になりました。ご迷惑《めいわく》ばかりおかけしてすみません。本当にありがとうございました。これからもよろしくお願いします。

また、イラストの陸裕先生。イメージ以上の巴川と、匡平をありがとうございました。巴川が本当にかっこよくて、キャララフを拝見したときは息が止まりました。リアルに呼吸困難でした……。匡平と桜もすごく可愛《かわい》くて、一人でニヤニヤしてしまいました。また、表紙カラーでは巴川の色っぽさと、匡平の可愛らしさ、そして腹チラに倒《たお》れそうになりました。自分でもちょっと気持ち悪いくらい大興奮でした(笑)。本当に本当に、幸せです。ありがとうございました。

そして、最後になりましたが、この本を手に取ってくださった皆様。ありがとうございました。こうして、連続刊行を無事に終えることができたのも、読者の皆様のおかげです。どれだけ感謝しても感謝しきれないと思っております。

この本は少しでも楽しんでいただけたでしょうか？　そうであれば、これに勝《まさ》る喜びはありません。

それでは、皆様のご健康とご多幸、そして再びどこかでお目にかかれることをお祈《いの》りしております。

二〇〇八年　七月

天野かづき

KADOKAWA RUBY BUNKO

恋愛《れんあい》依《い》存《ぞん》症《しよう》の彼《かれ》

天野《あまの》かづき

角川ルビー文庫 R97-13　　15264

平成20年8月1日　初版発行

発行者——井上伸一郎
発行所——株式会社角川書店
東京都千代田区富士見2-13-3
電話/編集(03)3238-8697
〒102-8078
発売元——株式会社角川グループパブリッシング
東京都千代田区富士見2-13-3
電話/営業(03)3238-8521
〒102-8177
http://www.kadokawa.co.jp
印刷所——暁印刷　製本所——BBC
装幀者——鈴木洋介

ISBN978-4-04-449413-1　C0193　定価はカバーに明記してあります。

KADOKAWA RUBY BUNKO

角川ルビー文庫

いつも「ルビー文庫」を
ご愛読いただきありがとうございます。
今回の作品はいかがでしたか?
ぜひ、ご感想をお寄せください。

〈ファンレターのあて先〉

〒102-8078 東京都千代田区富士見2-13-3
角川書店 ルビー文庫編集部気付
「天野かづき先生」係

天野かづき
イラスト◆東野裕
泣き顔も、可愛いな。
我が儘な資産家×婚約者の兄が贈る
アナタにも(多分)出来るラブ・クルーズ!
ロマンティック・クルーズで恋をしよう!
妹の見合いのために豪華客船に乗り込んだ葵。
ところが見合い相手と知らず、一夜の過ちを犯してしまう。
そのうえ、その相手は……!?

ルビー文庫

恋のゲームは豪華客船で！
天野かづき
Kazuki Amano
イラスト◆あさとえいり
中国系マフィア(!?)&ディーラーで贈る
アナタにも「多分」出来る豪華客船ラブをどうぞ！
借金と引き替えに豪華客船に乗り込み
中国人実業家の蔡文狼に近づくことになった
ディーラーの浅葱ですが…!?

ルビー文庫

指フェチ超有名インテリアデザイナー
×
敏感マッサージ師の癒し系ラブ？
お前は体、俺は指。
――フェチ同士『これは運命だろ？』
天野かづき
イラスト：こうじま奈月
スイートルームで会いましょう！
「魔性の指の美少年」と呼ばれる要は、ホテル勤務のマッサージ師。
1泊60万もするスイートルームの宿泊客・和泉から依頼を受けるけれど…？

天野かづき
イラスト こうじま奈月
『オトナになったら、イイって言っただろ？』
一途で強引な風呂好き(!?)な御曹司
×
ウブな執事のラブ・バトル!?
ホテル勤務の陸は、宿泊客の御曹司に専属執事に指名される。だけど何故か風呂に連れ込まれ…!?
バスルームで会いましょう!
ルビー文庫

描き下ろしも大量収録♥
漫画◆COMIC◆
こうじま奈月
Koujima Naduki
小説◆NOVEL◆
天野かづき
Amano kazuki
高校編入初日、偉そうな先輩・玖牙守弥に「お前は俺のモノだ」と言われ首に噛みつかれてしまった和嘉。訳が分からず抵抗する和嘉ですが…?
こうじま奈月の漫画が80ページ以上も読めちゃう文庫が登場!!
学園ドキドキ★ちょっとだけファンタジー!?
紳士協定を結ぼう!
ルビー文庫

原作&イラスト◆ORIGINAL&ILLUST◆
こうじま奈月
Koujima Naduki
小説◆NOVEL◆
天野かづき
Amano Kazuki
どうして欲しいんですか?
――御主人様。
こうじま奈月☆
スペシャル描き下ろし漫画つき!
主従契約を結ぼう!
幼なじみの和嘉を追って
日本に来たクリスは、
教会で倒れている戒人
という男と出会うのですが…?

ルビー文庫

ぜんぶはじめて
藤崎都&桜城ややで贈る
イジワルエロ(!?)医師×童貞リーマンの
初めてだらけなラブ・レッスン!?
全部、俺が教えてやるよ。
――手取り足取り、腰取り、な？
藤崎都
イラスト 桜城やや
医務室の臨時医師である松前に、彼女との初Hに失敗したことを知られてしまった童貞の上総。そのうえ「俺が診てやろうか?」なんて言いだした松前から、うっかり脱童貞の心得を学ぶハメになって…?

ルビー文庫